KB263297

중등 필독 고전

중등 필독 고전

이현옥·이현주 지음

체인지업
CHANGEUP

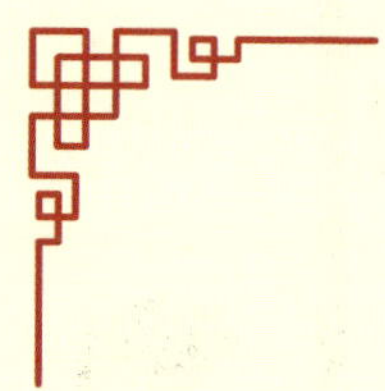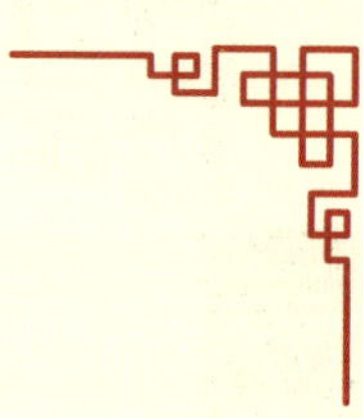

여전히 유효한 고전의 힘

고전은 시대와 문화를 초월하며 오랜 세월 변함없는 사랑을 받아 왔다. 역사와 문학, 철학이 어우러진 고전을 통해 우리는 삶의 진정한 의미와 지혜를 엿보기도 한다. '고전은 어렵다'는 선입견에서 여전히 벗어나지 못하고 있지만 사실 고전 작품의 대부분은 사랑과 우정, 정의, 인생의 참된 의미 같은 친숙한 주제를 다룬다. 고전을 읽고 분석하는 과정에서 우리는 인간관계와 사회현상을 비판적으로 바라보는 새로운 시각을 얻게 되며, 나아가 생각의 '힘'을 기를 수 있게 된다.

고전은 수능, 각종 지필고사, 일상적인 대화에서 자주 언급되며 그 때문인지 제목 자체는 그리 낯설지 않다(물론, 선뜻 읽을 용기가 생기지는 않지만). 아무리 좋은 고전이라도 읽지 않는다면 무용지물이기에, 대표적인 32개의 작품을 통해 고전에 좀 더 쉽게 접근하는 방법을 고민했다. 누구나 한 번쯤 들어봤을 만한 고전으로 첫발을 뗀다면 고전과 쉽게 가까워질 수 있을 것이다. 동양과 서양을 아우르며 고전문학에서부터 철학 윤리에 이르는 주요한 이야기를 담아냈다. 작품 리스트만 봐도 알 수 있듯 그야말로 고전의 정수인 것이다.

먼저 줄거리를 통해 대략적인 내용을 살펴보고, Q&A로 더욱 밀도 있는 독서를 체험한 후 다양한 주제와 연결해 주체적 탐구와 자기 주도적 사고 체계를 형성한다. 아무런 배경 지식 없이 고전을 읽기 시작하면 안개 속을 걷는 기분이 들 것이다. 도대체 무슨 이야기를 하려는 것인지, 분량은 또 왜 이렇게나 방대한지 갈피를 잡기 어렵다는 얘기다. 이 책은 읽기도 전에 지치는 현상을 방지하며 여러분을 고전의 진정한 재미로 안내할 것이다. 여러 과목과 연계해 해당 주제들에 대한 질문을 스스로 던져보는 묘미 역시 빼놓을 수 없다.

이 책을 통해 고전에 대한 진입장벽을 낮추고 사고력과 창의력, 논리력을 기를 수 있길 바란다. '텍스트 힙'의 진정한 가치는 고전으로부터 시작한다.

2025년 가을,
이현옥·이현주 올림

목차

1장
동양고전
고전문학

서연아~ 서연아~
내가 홍길동도 아니고, 서연이를 서연이라 부르는 게 뭐 어때서?
아침부터 오글거리게 왜 이름을 불러!
너 정말….
이름 부르면 좋지, 안 그래? 서연아~
저기 태호도 있잖아. 너 자꾸 이럴래?
홍길동은 호부호형을 못 했지만 나는 친구의 이름을 부를 자유가 있느니라~
너 한 번만 더 태호 앞에서 내 이름 부르면 가만 안 둬!

홍길동전, 허균

조선 시대, 홍판서에게는 뛰어난 능력을 지닌 홍길동이라는 서자가 있었다. 길동은 아버지를 아버지라 부르지 못하고, 형을 형이리 부르지 못하는 시자 차별에 고통받는다. 어릴 때부터 도술을 익히고 비범한 능력을 보였으나, 신분 때문에 그 능력을 펼칠 수 없었다. 홍판서의 첩인 초란은 그의 총애를 잃을까 두려워 자객을 보내 길동을 죽이려 했고, 길동은 자신을 죽이려는 음모를 눈치채고 집을 떠나 세상을 유랑한다. 이후 산속에서 뜻을 같이하는 동지들을 모아 '활빈당'이라는 도적 떼를 만든다. 활빈당은 부정한 방법으로 부를 축적한 탐관오리나 부자들의 재물을 빼앗아 가난한 백성들에게 나눠주었다. 길동은 둔갑술과 분신술 같은 신비한 능력으로 관군들을 농락하며 전국 팔도를 돌아다녔다. 그리고 빈곤에 처한 백성들을 돕고 불의를 심판하는 의적으로 이름을 널리 알리게 된다.

조정에서는 홍길동을 잡기 위해 애썼으나 번번이 실패하고, 그의 비범한 면모와 능력을 인정한다. 결국 왕은 홍판서에게 홍길동을 잡는 대신 그를 용서하고 관직을 내리겠다는 제안을 한다. 그러나 길동은 조선에는 자신을 받아들일 수 있는 자리가 없다며 왕에게 서자 차별 폐지를 요구한다. 왕은 길동의 탁월한 능력을 아까워하면서도 요구를 받아들였고 '호조판서' 벼슬을 내린다. 그러나 길동은 조선을 떠나 이상적인 나라를 세우기 위해 미지의 섬 '율도국'으로 향하고, 이후 율도국의 무리를 물리치고 새로운 나라를 세워 왕이 된다. 율도국은 신분에 대한 차별 없이 모두 평등하고, 백성들이 행복하게 살아가는 이상적인 국가이다. 길동은 율도국에서 백성들의 존경을 받으며 정의로운 왕으로 통치한다. 이 작품은 부당한 사회 구조와 불공평한 신분 제도에 대한 비판 의식을 담고 있다. 진정한 영웅이란 '능력을 가진 자'가 아니라 '사회의 부조리에 맞서 더불어 잘 살 수 있는 세상을 만드는 자'임을 보여준다.

⊕ Q&A로 알아보는 《홍길동전》

Q 가족으로부터 소외감을 느끼는 홍길동의 모습은 작품에서 어떤 의미를 갖는가?

A 홍길동은 서자로 태어나 가족 내에서도 차별과 소외를 경험한다. 이는 당시 조선의 신분제가 가진 모순을 극명하게 보여준다. 길동의 소외는 그가 사회의 불합리에 맞서게 되는 동기로 작용하며, 이로써 개인적 한이 사회적 저항으로 확대되는 과

정을 보여준다. 더불어 이러한 경험은 길동의 영웅적 행보에 중요한 배경이 된다.

Q 홍길동의 율도국 건설이 상징하는 바는 무엇인가?

A 홍길동은 기존의 제도를 벗어나 율도국이라는 이상향을 건설한다. 이 과정은 차별 없는 사회, 즉 평등한 이상세계를 추구하는 의지를 상징한다. 율도국 건국은 억압받는 이들이 꿈꾼 해방과 희망의 실현을 뜻하며, 이를 통해 주체적으로 운명을 개척하려는 인간의 의지를 엿볼 수 있다. 현실 비판과 대안적 미래상을 동시에 보여주는 것이다.

고전, 다양한 주제와 만나다

《홍길동전》 × 《토머스 모어가 추구한 혁신의 세계》

"다른 어떤 덕보다도 인간에게 소중한 덕인 참된 인간성은 다른 사람의 고통과 근심을 덜어줌으로써 그들의 삶에 기쁨과 즐거움을 선물하는 것이다."

토머스 모어의 《유토피아》는 현실 사회의 불평등과 부조리를 비판하며, 사유재산이 없고 모두가 평등하게 일하며 살아가는 이상 국가를 그린다. 유토피아는 노동과 복지가 강조되며, 모든 시민이 공동의 이익을 위해 협력하고 분배받는다. 권력자는 선거로 선출되고 사치와 빈부 격차, 신분 차별이 철저히 배제된다. 종교의 자유, 교육의 기회 제공도 중요한 원칙이다. 토머스 모어는 실제로 존재하기 어렵지만 문제를 인식하고 개선 가능성을 모색하는 철학적 질문을 던진다. 《홍길동전》의 율도국 또한 신분 차별과 부패, 불평등이 없는 평등한 사회를 지향한다. 율도국에서는 계급이나 서열이 사라지고 모두가 존중받는다. 백성들이 서로 신뢰하고, 도둑도 탐관오리도 없는 사회가 이상향으로 제시된다. 홍길동전의 율도국은 개혁적이지만, 제도보다는 홍길동이라는 탁월한 '지도자'의 도덕성과 리더십에 의해 구현된다. 즉, 조선 사회 '사람의 변화'와 '도덕성', '의로움'에 기대는 이상주의가 강하게 드러난다는 것이다. 반면 《유토피아》는 개인보다는 사회 시스템, 제도의 구조 변화에 무게를 둔다. 체계적·제도적 혁신, 분배의 정의, 생활방식의 철저한 평등으로부터 이상을 찾는다는 것이다.

《홍길동전》 × 《영웅의 탄생》

"몸은 작아도 마음은 크니, 주어진 신분이나 신세에 얽매이지 않고 옳은 일을 행하는 것이 참된 영웅이 아니겠는가?"

《홍길동전》에서 말하는 '정의'는 개인의 이익이나 권력을 좇는 것이 아니라 모두의 평등과 행복, 사회의 올바름을 실천하는 것이다. 신분에서 오는 부당함과 불이익을 이겨내고 의적이 되어 탐관오리와 부패한 권력을 응징하고 백성의 고통을 덜어주었다. 그는 법이나 전통에 안주하지 않고 그릇된 현실과 맞서 싸운다. 참된 영웅이란 단순히 힘이 세거나 위대한 공을 세운 사람이 아니라, 시대의 불의와 모순에 저항하고 남을 위해 헌신하는 인물임을 보여준다. 신분이라는 벽 앞에서 좌절하지 않고, 그 현실을 오히려 정의의 실현으로 승화시킴으로써 모범적 '영웅상'을 제시한다. 이런 모습은 개인적 아픔이 공동체의 이상으로 확장될 수 있음을 말해준다. 또한 그는 백성과 함께하며, 변화의 중심에 서서 모두의 권리와 존엄을 지키기 위해 노력한다. 우리는 이러한 모습을 통해서 불의를 바로잡는 용기, 사회적 책임, 더 나은 미래를 향한 이타적 실천이야말로 '정의로운 행동'임을 알 수 있다.

《홍길동전》 × 《존 로크의 자연권 사상》

"인간은 고귀한 피나 천한 혈통을 타고나는 것이 아니라 모두 깨끗한 백지상태로 세상에 온다."

영국의 철학자 존 로크는 '모든 인간은 태어날 때부터 자유롭고 평등하다'는 자연권을 강조했다. 각각의 인간에게는 생명·자유·재산 등 본질적 권리를 누릴 천부적 자격이 있다고 보았고, 국가가 이러한 권리를 보장하기 위해 만들어진다는 것을 전제로 한다. 《홍길동전》에서는 신분제라는 사회적 규범에 억눌린 주인공이 자신의 권리를 스스로 찾고자 노력하며, 결국 자신이 꿈꾸던 평등사회를 건설하기에 이른다. 자유롭고 평등하며, 신분에 따른 차별이나 부당한 억압이 존재하지 않는 세상 말이다. 두 사상 모두 인간의 자유와 평등을 기본 가치로 삼으며, 불평등한 질서에 저항하는 실천성을 강조한다. 다만, 존 로크는 제도와 법을 통한 본질적 권리의 보장을, 홍길동은 영웅적 행동과 도덕적 리더십을 통한 사회 개선 모델을 보여준다. 존 로크는 개인의 재산권 등 자율적 권리 보호에도 방점을 두었지만, 홍길동은 집단적 평등과 공익 실현에 무게를 더 둔다.

❖ 더 읽어보면 좋을 작품

《레 미제라블》, 빅토르 위고

《레 미제라블》은 프랑스의 소설가 빅토르 위고가 1862년에 쓴 대하소설이다. 빵 하나를 훔친 죄로 19년을 감옥에서 보낸 장발장은 출소 후 사회의 냉대 속에서 방황하지만, 미리엘 주교의 선행으로 삶의 전환점을 맞는다. 장발장은 마들렌으로 개명 후 시장이 되고, 가난한 이들을 돕는 존경받는 인물이 된다. 경찰 자베르의 집요한 추적을 받으면서도 어려움에 처한 팡틴을 돕고, 그의 딸 코제트를 자신의 딸처럼 키운다. 또한 혁명에 휘말린 청년 마리우스의 생명을 구하는 등 희생과 선행으로 주변을 변화시킨다. 끝내 자베르조차 장발장의 진정한 인간성 앞에 갈등하다 스스로 생을 마감한다. 소설은 장발장의 죽음과 함께 용서, 사랑, 사회적 정의의 메시지를 던지며 막을 내린다.

《홍길동전》과 《레 미제라블》은 신분이나 사회적 약자에 대한 차별과 부조리를 날카롭게 비판한다는 점에서 공통점을 지닌다. 두 작품의 주인공인 홍길동과 장발장은 조선과 프랑스의 엄격한 신분제와 법적 억압 앞에서 억울한 일을 겪지만, 이를 극복하고 사회에 정의와 평등을 실현하는 영웅적 행보를 보여준다. 개인의 변화와 도덕적 성장을 통해 공동체에 선한 영향력을 미친다는 점도 닮았다. 다만 신분제를 완전히 뒤집고 율도국이라는 이상 사회를 건설한 홍길동과는 달리 장발장은 현실 속에서 타인을 돕고 희생함으로써 사회의 변화를 꾀할 뿐, 체제 자체를 혁명적으로 바꾸지는 않는다.

한 걸음 더, 탐구 주제

◇ **사회 연계 – 신분제의 부조리와 다양한 종류의 차별**
만약 나 또는 친구가 출신이나 배경 때문에 차별을 겪는다면, 나는 어떤 행동을 할 수 있을까?

◇ **과학 연계 – 신비로운 힘에 대한 인간의 호기심과 실천**
만약 홍길동에게 첨단 과학 기술이 주어졌다면, 어떤 방식으로 세상을 바꾸었을까?

◇ **수학 연계 – 계획과 분배를 위한 논리적 계산**
실제로 물건이나 돈을 공평하게 나누는 데 필요한 규칙에는 무엇이 있을까?

◇ **철학 연계 – 존재와 정체성의 의미**
'나는 누구인가?'라는 질문에 대한 자신만의 답을 한 문장으로 만들어보자.

구운몽, 김만중

중국 남악 형산에 육관대사라는 고승과 그의 수제자 성진이 살고 있었다. 어느 날 성진은 용왕에게 다녀오는 길에 연화봉의 여덟 선녀와 이야기를 나누게 된다. 그때 속세의 부귀영화에 대한 욕심을 품게 되고, 여덟 선녀 또한 인간 세상에 내려가고 싶어 한다. 이들의 마음을 알아챈 육관대사는 성진과 팔선녀를 인간 세상으로 보낸다. 성진은 회남 수주현의 명문가 아들 '양소유'로 환생한다. 준수한 외모에 재능이 뛰어났던 양소유는 15세에 집을 떠나 결국 장원 급제하며 큰 벼슬에 오른다. 여러 전쟁에서 공을 세워 높은 지위에 올랐고 진채봉, 계섬월 등 두 여인을 아내로 맞이한다. 또한 정경패, 적경홍, 이소화, 백능파, 가춘운, 심요연 등 여섯 명의 첩을 얻는다. 이들은 사실 모두 인간 세상으로 내려온 여덟 선녀의 환생이었다. 그렇게 양소유는 여덟 명의 여자와 행복하게 살며 인간이 누릴 수 있는 온갖 부귀영화를 누린다.

그러나 인생의 절정에서 양소유는 모든 것이 덧없다는 인생무상(人生無常)을 느끼기 시작한다. 출가를 결심하고 한 스님을 만나 번뇌를 이야기하던 중 스님이 지팡이로 양소유를 툭 치자 양소유는 긴 꿈에서 깨어난다. 눈을 떠보니 자신은 여전히 육관대사의 수제자 성진이고, 꿈속에서 양소유로 겪었던 모든 일이 환상이었음을 깨닫는다. 동시에 여덟 선녀 또한 다시 본래의 모습으로 돌아온다. 육관대사는 성진과 여덟 선녀에게 이 꿈은 세상의 모든 것이 헛되다는 '공 사상'을 깨닫게 하려 함이었다고 가르친다. 성진과 여덟 선녀는 속세의 욕심을 버리고 불도를 더욱 열심히 닦아 결국 깨달음을 얻고 서방 극락세계로 향한다.

✸ Q&A로 알아보는 《구운몽》

Q 구운몽에서 '인생은 한바탕 봄꿈'이라는 말의 의미는 무엇인가?

A 인생의 영광과 쾌락이 결국 허무하고 덧없음을 의미한다. 양소유가 겪은 부귀와 사랑, 권력 모두 현실이 아닌 꿈처럼 사라지는 환상이다. 이는 불교의 무상 사상을 반영하여 모든 것이 변하고 사라진다는 진리를 알려준다. 인간의 욕망과 집착에서 벗어나야만 진정한 깨달음을 얻을 수 있고, 따라서 인생의 허망함을 인정하고 내면의 평화를 추구하는 것이 중요하다는 메시지로 볼 수 있다. 이 주제는 삶에 대한 우리의 관점과 태도를 곱씹어 보게 해준다.

Q 우리가 찾을 수 있는 인간 존재와 삶에 대한 철학적 메시지는 무엇인가?

A 구운몽에서 얻을 수 있는 철학은 결국 인간 존재의 덧없음과 모든 현상의 부질없음이다. 인간의 욕망과 집착이 고통의 원인임을 보여 주며, 이를 초월하는 깨달음이야말로 삶의 가장 중요한 본질임을 강조한다. 이 작품은 현실과 환상, 삶과 죽음의 경계를 허물고 존재의 참된 의미를 묻는다. 더불어 이상적이고 풍요로운 삶보다 내면의 평화와 깨달음을 더 가치 있게 그린다. 이를 통해 독자는 삶의 무상함을 받아들이고 진정한 행복이 무엇인지 고민할 수 있다. 구운몽은 결국 존재의 심오함과 무상함을 수용하는 철학적 성찰을 요구한다.

🏵 고전, 다양한 주제와 만나다

《구운몽》 × 《사르트르의 실존주의》

"인간은 스스로의 선택에 의해 자신의 모습을 만들어간다."

자신이 누구인지, 자신의 삶에 어떤 의미가 있는지 스스로 들여다보는 것은 실존주의에서 말하는 철학과 일맥상통한다. 실존주의에서는 세상에는 정해진 답이 없고, 인간은 각자의 선택을 통해 삶의 의미와 가치를 만들어 간다고 본다. 《구운몽》에서도 이러한 실존주의적 생각을 발견할 수 있다. 주인공 양소유는 꿈에서 부귀, 사랑, 성공 등 모든 것을 경험하지만 결국 그것이 모두 한바탕 꿈에 불과하다는 것을 깨닫는다. 외부의 환경이나 남이 정해주는 기준이 아니라, 자신 스스로가 진정한 삶의 의미를 찾아야 함을 느끼게 된 것이다. 특히 실존주의는 삶이 때로는 허무하고, 불안과 고통이 따르더라도 그 속에서 '내가 어떻게 살아갈지 스스로 선택하는 용기'를 강조한다. 양소유도 처음에는 세상이 주는 행복만을 좇았으나, 꿈이 끝난 뒤에는 자신만의 깨달음과 평화를 얻으려 노력했다. 내 삶의 가치는 내가 선택한 행동, 그리고 그 과정에서 얻는 진심과 깨달음에 있다고 실존주의는 말한다. 구운몽처럼 우리도 현실과 꿈, 성공과 실패, 기쁨과 슬픔을 모두 겪는다. 하지만 그 모든 경험 속에서 '내가 왜 사는지', '나의 진짜 행복은 무엇인지' 고민할 필요가 있다. 결국 실존주의는 운명을 스스로 만들어 가는 것에 기초한다. 정해진 인생은 없으며, 그러므로 개척해 나가야 한다는 것이다. 결국, 가장 중요한 것은 남이 아닌 내가 내 삶을 책임지고, 스스로 의미를 찾으려 노력하는 태도다. 이런 점에서 구운몽과 실존주의는 일맥상통한다고 할 수 있다.

《구운몽》×《르네 데카르트》

"나는 생각한다, 고로 존재한다."

　구운몽과 데카르트의 사유를 비교하면 흥미로운 연결점을 발견할 수 있다. 구운몽은 꿈과 현실의 경계에서 '무엇이 꿈이고, 무엇이 현실인가?'라는 질문을 통해 우리가 경험하는 모든 것이 '과연 진짜인지' 의심하게 만든다. 주인공은 꿈속에서 온갖 부귀영화와 기쁨을 누리지만, 결국 그것이 모두 허상임을 깨닫는다. 이처럼 현실이라 믿은 것이 한순간에 꿈으로 드러날 수 있다는 점에서 '인간의 감각이나 경험이 절대적으로 신뢰할 수 있는 것이 아님'을 보여준다. 데카르트의 철학 역시 비슷한 의문에서 출발한다. '나는 생각한다, 고로 존재한다'라는 명제로도 유명한데, 우리 감각이 때때로 꿈과 현실을 구분하지 못하는 점에 주목한다. 데카르트는 '내가 지금 꿈을 꾸고 있는 것은 아닐까?'라는 의심을 품으며, 모든 외부 세계의 존재와 자기 경험을 반성적으로 점검한다. 결국 의심하지 못하는 단 하나, 즉 '내가 생각하고 있다는 사실'에서 출발하여 확실한 진리에 도달한다. 두 사상 모두 인간 경험의 불확실성과 자기 인식의 중요성을 강조한다. 구운몽은 삶의 화려한 경험도 결국 한바탕 꿈이라고 말하며, 진정한 자아와 깨달음으로 돌아가야 한다고 말한다. 데카르트는 감각이나 세계보다는 사유(생각)의 확실성을 근거로 존재를 증명한다. 구운몽이 꿈과 현실의 경계에서 '진짜 나'를 찾으려 했다면, 데카르트는 모든 것을 의심한 끝에 '생각하는 나'에 도달한 것이다. 둘 다 현실에 대한 근본적인 의문을 바탕으로 인간 존재의 본질을 찾는다는 점에서 철학적으로 깊이 맞닿아 있다.

《구운몽》 × 《플라톤》

"잠에서 깨어 보니 그 모든 것이 허깨비요, 실로 헛되다."

위 문장과 플라톤의 '동굴의 비유'는 인간이 현실이라고 믿던 세계가 사실은 진짜가 아닐 수도 있음을 깨닫는 순간을 잘 보여준다. 구운몽에서 주인공 성진(양소유)은 꿈속에서 부귀, 사랑, 영광 등을 모두 경험하지만 잠에서 깬 후 자신이 믿었던 모든 것이 결국 한순간의 환상에 불과했다는 것을 깨닫는다. 현실이라고 여긴 것이 사실은 허깨비였고, 이에 본질적인 진리와 자아를 찾는 과정을 보여준다. 플라톤의 동굴의 비유에서도 비슷한 구조를 발견할 수 있다. 동굴 안에 갇힌 사람들은 벽에 비친 그림자만을 보면서 그것이 세상의 전부라고 믿는다. 하지만 한 사람이 동굴 밖으로 나가 실제 태양과 실제 세상을 목격한 뒤, 그동안 본 그림자들이 실재가 아니라 허상에 불과했다는 사실을 깨닫게 된다. 이처럼 두 이야기는 모두 '깨달음의 전환'을 중심으로 한다. 구운몽의 주인공이 꿈에서 깨어 현실과 마주하고 동굴의 죄수가 동굴 밖에서 새로운 세계를 마주하는 것처럼, 익숙하게 믿어온 것이 진리가 아닐수 있고, 더 넓은 시야와 성찰이 필요함을 강조한다. 결국 두 작품모두 우리가 살아가며 경험하는 세계를 비판적으로 성찰하고, 본질에 가까운 진리를 찾으려는 철학적 메시지를 전한다.

❖ 더 읽어보면 좋을 작품

《햄릿》, 셰익스피어

덴마크 왕자인 햄릿의 아버지가 의문의 죽임을 당한 후, 어머니 거투르드는 햄릿의 삼촌인 클로디어스와 재혼한다. 햄릿은 부친의 유령으로부터 삼촌이 아버지를 독살했다는 사실을 듣고 진실을 밝히고 복수할 것을 맹세한다. 하지만 도덕적 갈등과 망설임으로 고뇌에 빠지고, "To be, or not to be, that is the question"이라는 독백을 통해 삶과 죽음, 존재의 의미를 고민한다. 복수극에서 햄릿은 친구들과의 불신, 연인 오필리아의 죽음, 어머니의 죽음 등 불행을 겪는다. 결국 복수 과정에서 왕 클로디어스와 자신 모두 죽음에 이르게 되고, 덴마크 왕가는 몰락한다. 이 작품은 인간의 내면적 갈등과 복수, 존재의 무게를 통찰하는 대표적인 비극이다.

　　셰익스피어의 《햄릿》과 김만중의 《구운몽》은 인간 존재의 본질과 삶의 의미, 현실과 환상 사이의 경계에 대해 깊이 고민한다는 공통점을 가진다. 두 작품 모두 주인공이 삶의 허무와 고뇌를 경험하고 자기 정체성에 대해 질문하며, 인간이 겪는 근본적인 불안과 혼란 그리고 내면의 성장 과정을 다룬다. 물론, 차이점도 뚜렷하다. 《햄릿》이 아버지의 죽음과 어머니의 재혼, 삼촌에 대한 복수와 도덕적 딜레마를 겪으며 인간의 의지와 선택, 죽음에 대한 깊은 고민을 중심으로 전개되는 반면, 구운몽은 양소유가 꿈을 통해 부귀영화와 사랑, 권력을 모두 체험한 뒤 깨어나 모든 것이 허망한 꿈임을 깨닫고, 불교적 무상과 마음의 평화를 추구하는 과정을 그린다. 즉, 《햄릿》은 현실의 갈등과 도덕적 고민을, 《구운몽》은 환상과 깨달음을 통한 초월적 사유를 중심으로 한다.

◈ **사회 연계 – 세속적 욕망과 사회적 지휘**

높은 지위나 부를 얻기 위해 사람들은 어떤 노력을 할까?
그러한 욕망이 주는 장단점은 또 무엇일까?

◈ **과학 연계 – 꿈과 현실에 대한 인식과 두뇌 작용**

꿈을 꾸는 행위를 과학적으로는 어떻게 설명할 수 있을까?

◈ **수학 연계 – 시간의 흐름과 수의 개념**

시간을 숫자로 표현하는 이유는 무엇일까? 또한 시간에
관한 수학적 개념은 무엇일까?

◈ **철학 연계 – 인생의 무상함과 깨달음**

인생이 정말 꿈과 같다면 나의 삶을 어떤 관점으로 바라보
아야 할까?

운수 좋은 날, 현진건

인력거꾼인 김첨지는 하루하루 입에 겨우 풀칠할 정도의 벌이를 이어간다. 며칠 동안 손님이 없어 돈을 벌지 못하던 어느 날 아침, 아내는 일하러 나가려는 김첨지를 말리지만, 그는 아내의 말을 무시하고 욕을 퍼부은 뒤 집을 나선다. 그런데 웬일인지 그날따라 인력거 손님이 끊이지 않았고, 큰돈을 벌게 된 김첨지는 아픈 아내에게 따뜻한 설렁탕을 사줄 생각에 매우 기뻐한다. 그러나 돈을 벌면 벌수록 마음 한구석에는 묘한 불안감과 불길한 예감이 스며든다. 이상한 행운 앞에서 오히려 두려움을 느낀 김첨지는 일찍 귀가하기로 마음먹는다. 하지만 돌아가려 할 때마다 먼 곳까지 가야 하는 손님들이 나타나 발목을 잡는다. 결국 친구 치삼이를 만나 술집에서 거나하게 술을 마시게 된다. 술에 취한 그는 횡설수설하며 아내에 대한 불안감을 감추지 못한다.

그렇게 설렁탕을 들고 느릿느릿 자신의 집으로 향하는데, 발걸음이 너무나도 무거웠다. 집에 들어선 김첨지를 맞이한 건 이상하리만치 고요한 침묵뿐이었다. 그는 불길한 침묵을 참지 못하겠다는 듯 거칠게 소리를 지르며 아내를 깨우려 한다. 그런데 아내의 몸은 싸늘하게 식어 있었고, 죽은 지 한참이나 된 주검이었다. 아내 옆에서는 어린 자식이 엄마 젖을 달라고 칭얼대며 울고 있었다. 김첨지는 자신이 번 돈으로 사 온 설렁탕을 아내 옆에 놓으며 오열한다. 그는 자신이 아내를 두고 돈을 벌러 나간 '운수 좋은 날'에 아내가 죽었음을 깨닫고는 "설렁탕을 사다 놓았는데 왜 먹지를 못하니… 왜 먹지를 못해… 괴상하게도 오늘은 운수가 좋더니만…"이라고 외치며 처절하게 절규한다. 돈을 많이 벌어 행복해야 할 날이 오히려 가장 큰 비극이 된다는 역설을 보여준다.

◈ Q&A로 알아보는 《운수 좋은 날》

Q 운 좋은 하루가 비극으로 귀결되는 이유가 무엇일까?

A 김첨지는 운 좋게도 평소와 달리 돈을 많이 벌지만, 집에 돌아와 보니 아내가 이미 세상을 떠나 있었다. '운수 좋은 날'이 오히려 더 큰 불행과 마주하게 되는 아이러니를 보여주는 것이다. 이는 서민의 삶에서 일확천금이나 행운이 근본적인 문제를 해결해주지 못하며, 오히려 비극적인 현실을 더욱 두드러지게 만든다는 점을 시사한다.

Q 김첨지의 감정 변화와 작품이 갖는 사회적 의미는 무엇일까?

A 소설 초반 김첨지는 설렁탕을 사 들고 오며 기쁨과 기대에 차 있다. 그러나 아내의 죽음을 마주하고 나서는 절망, 분노, 혼란, 슬픔 등 복잡한 감정에 휩싸인다. 설렁탕을 앞에 두고 허무해하는 모습에서 비참함과 억울함, 그리고 가족을 잃은 상실감이 극명하게 드러난다. 이 작품은 일제강점기 하층민의 비참한 삶과 일상적인 무력감을 사실적으로 묘사한다. 운수가 좋아도 상황이 나아지지 않는 현실, 사회적 구조와 빈곤의 문제 등 한국 근대소설이 포착한 사회비판 의식이 담겨 있다. 김첨지의 하루를 통해 극한의 아이러니와 당시 서민들의 고통을 구체적으로 알 수 있다.

고전, 다양한 주제와 만나다

《운수 좋은 날》 × 《소포클레스》

"겉으로는 행운이 겹치나, 실상은 비극에 이르는 현실의 아이러니."

소포클레스의 《오이디푸스 왕》과 김첨지의 《운수 좋은 날》은 모두 "겉으로는 행운이 겹치나, 실상은 비극에 이르는 현실의 아이러니"라는 주제를 깊이 탐구한다. 오이디푸스 왕에서는 오이디푸스가 테베의 왕으로서 높은 지위와 존경이라는 큰 행운을 누리지만, 자신의 정체성과 운명이 점차 드러나면서 파국적인 비극으로 치닫는다. 그의 성공과 안녕은 겉으로는 행복과 행운이 가득한 것처럼 보이지만, 결국 운명의 잔혹성에 의해 무너지고 만다. 이는 인간이 스스로의 운명을 통제할 수 없으며, 겉모습과 달리 내면에 감춰진 진실은 참담한 고통일 수 있음을 보여준다. 반면 운수 좋은 날에서는 인력거꾼 김첨지가 모처럼 돈을 좀 벌어 운수가 좋다고 느끼지만, 결국 아내의 죽음과 가난이라는 현실에 직면해 깊은 비극을 맞이한다. 김첨지의 하루는 우연한 행운과 불행이 교차하며, 인간 삶의 덧없음과 냉혹한 현실 아이러니를 드러낸다. 두 작품 모두 행운이라는 순간적이고 표면적인 상황이 결코 영속적이지 못하며, 인생의 근본적인 불행과 고난이 필연적으로 뒤따름을 보여준다. 인간 존재가 겪는 운명적 무력감과 삶의 비극성, 그리고 의지와 현실 사이의 괴리를 통해 현실의 아이러니를 통찰하게 만드는 것이다. 두 작품 모두 이상과 현실의 괴리를 통해 인간사의 복잡과 숙명을 성찰하게 하는 밀도 있는 고전이라 할 수 있다.

《운수 좋은 날》 × 《단테》

"삶의 희망과 절망의 교차, 인간 존재의 비극성"

　단테의 《신곡》과 현진건의 《운수 좋은 날》은 "희망과 절망의 교차, 인간 존재의 비극성"이라는 주제를 각기 다른 방식으로 탐구한다. 단테는 신곡을 통해 지옥의 고통과 절망 속을 여행하면서도, 그 어둠을 지나 연옥과 천국으로 나아가는 여정을 통해 절망을 견디는 인간의 희망을 보여준다. 단테가 지옥문 앞에서 "여기 들어오는 자, 모든 희망을 버려라"라는 문구와 마주하지만, 그는 사랑과 신념에 힘입어 절망 위에서 다시 희망을 찾는다. 절망의 밑바닥에서 비롯된 희망은 더욱 절실하고, 인류의 구원 가능성을 제시한다. 반면 《운수 좋은 날》의 김첨지는 하루 동안 뜻밖의 운과 행운을 겪지만, 마지막에는 아내의 죽음이라는 극한의 절망에 맞닥뜨린다. 일상의 소소한 희망과 기쁨은 너무나 쉽게 가혹한 현실에 묻혀버리고, 인간의 힘으로 극복할 수 없는 운명의 한계가 더욱 선명해진다. 두 작품 모두에서 희망과 절망은 대립하는 것이 아니라 맞물려 있고, 절망이 클수록 희망의 의미도 함께 깊어진다. 결국 인간은 비극의 밑바닥에서조차 다시 희망을 찾으며, 그 과정 속에서 자신의 존재 의미와 삶의 본질을 성찰한다. 단테는 절망을 지나 희망에 도달하는 구원의 가능성을, 현진건은 희망이 가장 깊은 절망으로 무너지는 인생의 아이러니를 그리면서, 인간 존재의 본질에 대한 끊임없는 질문을 던진다. 이는 삶의 밝음과 어두움이 늘 동시에 존재하며, 인간이 끝내 그 경계에 설 수밖에 없다는 깊은 통찰을 전한다.

"가난한 하층민의 일상 속 우연과 운명, 그리고 극한 현실의 충돌"

찰스 디킨스의 《위대한 유산》과 현진건의 《운수 좋은 날》은 "가난한 하층민의 일상 속 우연과 운명, 그리고 극한 현실의 충돌"이라는 주제를 각기 다른 배경 속에서 깊이 있게 풀어낸다. 위대한 유산에서 피프는 가난한 대장장이 집안 출신으로서 우연히 조우한 죄수와 하비샴, 예기치 않은 유산을 통해 신분의 변화를 경험한다. 그러나 이 유산과 행운은 결국 피프의 삶에 예기치 않은 고통과 배신, 상실을 안겨주며 이것이 결코 단순한 구원이 아님을 알게 된다. 사회 구조의 불평등과 노력의 한계, 운명의 장난은 피프의 성장과 각성을 끌어내지만, 끝내 인간 본성의 선의와 사랑 없이는 진정한 의미를 찾을 수 없음을 일깨운다. 반면 인력거꾼 김첨지에게 찾아온 행운과 기쁨은 아내의 죽음을 통해 극한의 비극으로 전환된다. 김첨지의 일상에는 종종 작은 행운과 불행이 교차하지만, 사회적 약자에게 운명적 구조와 현실의 벽은 늘 더 높게 다가온다. 두 작품 모두 하층민에게 주어진 우연과 운명, 사회적 모순에서 오는 고통과 희망의 불확실성을 잘 보여준다. 운명처럼 주어진 사건들은 한편으로 기회가 되기도 하지만, 결국 그 실상은 인간의 고통과 좌절, 자기성찰의 길로 들어선다는 것이다.

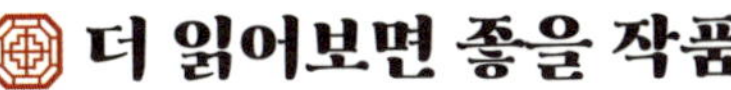

더 읽어보면 좋을 작품

《감자》, 김동인

　김동인의 《감자》는 가난에 내몰린 주인공 복녀가 가족의 생계를 책임지기 위해 도덕적인 한계를 넘어서는 과정을 그리고 있다. 복녀는 극심한 빈곤 속에서 감자를 훔치다 들키게 되고, 실수로 살인까지 저지르게 된다. 결국 복녀는 죄책감과 절망에 사로잡혀 비참하게 생을 마감한다. 두 작품 모두 1920년대 근대화 시기에 소외된 하층민의 삶과 궁핍, 무력함을 사실적으로 묘사하고 있으며, 주인공들 모두 빈곤이라는 사회 구조적 굴레에서 벗어나기 위해 몸부림친다. 그럼에도 오히려 더 큰 불행과 맞닥뜨린다는 점에서 비극적 아이러니가 공통적으로 드러난다는 것을 알 수 있다.

　제목과 소설 속 실제 상황의 아이러니를 보여주는 《운수 좋은 날》과 달리, 김동인은 《감자》를 통해 여성 주인공이 점차 윤리적 파국으로 내몰리는 과정을 보여준다. 궁핍이 인간의 본성과 도덕성을 파괴해 나가는 식으로 말이다. 두 작품을 함께 읽는다면 일제강점기의 하층민들이 마주한 절박한 현실, 인간 본성의 변화, 구조적 억압에 대한 사회 비판 의식을 폭넓게 사유할 수 있다. 이처럼 각 작품은 인물의 운명과 심경 변화를 통해 당시 사회의 문제뿐 아니라 인간의 존엄성, 삶의 의미에 대한 근본적인 질문까지 던지고 있다.

한 걸음 더, 탐구 주제

◈ **사회 연계 – 가난과 노동자의 현실**
가난한 삶에서 되풀이되는 삶의 어려움에는 어떤 것들이 있을까?

◈ **과학 연계 – 노동에 따른 심신의 피로**
몸과 마음의 피로를 줄이는 방법에는 어떤 것들이 있을까?

◈ **수학 연계 – 경제 관념과 생계 유지**
적은 돈으로 생계를 유지해 나가려면 어떤 계획을 세워야 할까?

◈ **철학 연계 – 인간의 노력과 운명**
노력과 운명에는 어떤 연관성이 있을까?

메밀꽃 필 무렵, 이효석

평생 장터를 떠돌아다니는 장돌뱅이 허생원은 늙고 지친 몸으로 고단한 삶을 이어간다. 왼손잡이인 그의 얼굴에는 천연두 자국이 많았고, 짝을 찾지 못해 늘 외로웠다. 어느 날 봉평 장에서 친구인 조선달과 젊은 장돌뱅이 동이를 만난다. 낮의 봉평 장은 물건이 팔리지 않고 파리만 날리는 게 꼭 허생원의 고단한 삶과 닮은 모습이었다. 장이 끝나자 세 사람은 다음 장이 열리는 대화까지 칠십 리 밤길을 함께 나선다. 이렇게 달빛 아래 환하게 피어난 하얀 메밀꽃밭이 소설의 아름다운 배경이 된다. 서정적인 분위기 속에서 허생원은 20년 전의 추억을 이야기한다. 그것은 봉평 장에서 만난 성서방네 처녀와의 하룻밤 인연이었다. 허생원은 그 단한 번의 인연을 평생 소중히 간직하며 살아왔음을 고백한다. 그의 이야기를 듣던 젊은 동이도 홀어머니와 함께 어렵게 살았던 자신의 이야기를 들려준다.

대화 도중 허생원은 개울에서 발을 헛디뎌 넘어지고 만다. 다리를 다친 허생원은 젊은 동이의 넓은 등에 업혀 길을 걷게 된다. 등에 업힌 채 허생원은 동이가 자신처럼 왼손잡이라는 것을 알고는 놀란다. 왠지 모를 강한 이끌림에 그는 동이 어머님의 고향이 어디인지 조심스레 묻는데, 동이는 봉평이라고 대답한다. 왼손잡이, 어머니의 고향이 봉평이라는 두 가지 결정적인 단서는 우연을 넘어 필연을 암시한다. 독자들은 동이가 허생원의 잃어버린 아들일지도 모른다는 강한 암시를 받으며 이야기는 끝이 난다. 이 소설은 고단한 삶 속에서도 피어나는 인간적인 정과 운명적인 만남을 아름답게 그려낸다. 자연과 어우러지는 서정적인 분위기 속에서 인물들의 내면을 섬세하게 묘사한다. 평생을 떠돌던 노인이 혈육의 온기를 느끼게 되는 따뜻한 희망의 '가능성'을 보여주는 작품이다.

Q&A로 알아보는 《메밀꽃 필 무렵》

Q 주인공 허생원은 봉평장에서 어떤 삶을 살아가며, 그가 겪는 가장 큰 내적 갈등은 무엇인가?

A 허생원은 장돌뱅이로 평생 장터를 떠돌며 외로운 삶을 살아간다. 과거 봉평 성서방네 처녀와의 하룻밤 인연만이 삶의 의지이자 회한으로 남아 있다. 자신이 누리지 못했던 사랑과 청춘에 대한 질투는 젊은 동이와의 사소한 충돌을 만들어낸다. 이후 동이의 진심과 어머니에 대한 이야기를 듣곤 동이를 점점 이해한다. 개울에서 동이 등에 업혀 가는 동안 자신과 동이 사

이의 많은 공통점을 느낀다. 결국 동이가 어쩌면 허생원의 아들일지도 모른다는 깊은 감정의 파문을 독자에게 남긴다.

Q 자연과 배경, 상징적 장면들은 작품에서 어떠한 문학적 의미를 갖는가?

A 이 소설의 배경인 봉평의 메밀꽃밭과 달밤은 자연의 아름다움을 유감없이 보여준다. 메밀꽃이 흐드러지는 길목에서 과거와 현재, 이상과 현실이 중첩된다. 밤길과 개울, 나귀와 안개의 묘사는 주인공 내면의 외로움과 그리움을 상징한다. 자연의 동화 속에서는 인간과 자연, 혈연의 정이 자연스럽게 어우러지며 달빛 아래 핀 메밀꽃은 감정의 절정을 시적으로 표현하기도 한다. 이처럼 자연의 배경과 상징은 이야기의 서정성과 인간 본연의 정을 깊이 있게 드러낸다.

고전, 다양한 주제와 만나다

《메밀꽃 필 무렵》 × 《자연주의》

"자연과 인간의 조화 속에서 존재의 의미와 진실을 찾아가는 과정"

《메밀꽃 필 무렵》은 자연주의가 잘 드러나는 한국 근대소설의 대표작이다. 이 소설은 봉평장, 대화장으로 이어지는 길 위에서 자연을 배경 삼아 인물들의 내면을 섬세하게 그려낸다. 자연주의 사조는 인간의 삶과 존재가 환경, 유전, 사회적 조건 등 외부 영향에 의해 결정된다고 본다. 장돌뱅이라는 주인공의 신분과 유랑 생활의 외로움, 과거의 아픈 기억 등 운명과 조건에 크게 지배받는 인물의 묘사가 돋보인다. 그는 자연 속에서 번민과 희망, 그리움과 체념을 반복적으로 느낀다. 메밀꽃이 만발한 봉평의 자연 풍경은 허생원의 감정과도 깊이 맞닿아 있다. 자연은 인간 삶의 현실을 있는 그대로 수용하는 장치로 작동한다. 달빛 아래 펼쳐진 메밀꽃밭은 주인공의 내면 풍경을 비추며, 비극적이면서도 서정적인 분위기를 자아낸다. 허생원이 느끼는 외로움과 상처, 그리고 동이와의 만남을 통한 작은 변화는 인간이 자신의 조건에서 벗어나기 힘들다는 자연주의적 시선을 반영한다. 소설에서 운명적 만남, 혈연의 암시 같은 요소들은 개인의 의지로 바꿀 수 없는 삶의 조건을 강조한다. 소설은 장터, 밤길, 자연을 통해 환경에 적응하고 순응하는 인물을 그린다. '자연 속의 인간'이라는 주제 아래, 인간의 연약함과 욕망, 소망과 절망이 그대로 드러내는 것이다. 이를 통해 우리는 환경이 주는 영향, 인간 존재의 한계를 되짚어 볼 수 있다. 인간은 자연과 더불어 살아가며, 자신을 둘러싼 운명과 현실을 받아들이고 극복해 나가는 힘을 얻는다.

 중등 필독 고전

"허생원은 웬일인지 마음 한구석에서 옛날 일이 떠올랐다."

사르트르는 우리 모두가 세상에 '우연히' 던져졌다고 말한다. 태어날 때부터 어떤 확고한 의미나 목적을 가지고 태어나는 것이 아니라, 먼저 존재한 뒤 각자가 삶의 의미를 만들어나가야 한다고 본다. 사르트르는 "존재는 본질에 앞선다"고 했는데 이는 존재의 이유와 삶의 방식이 외부로부터 주어지는 것이 아니라 스스로 선택하고 행동하는 가운데 형성됨을 뜻한다. 실존주의에서 중요한 것은 다름 아닌 '자유'와 '책임'이다. 누구나 자기 삶의 주인으로서 매 순간 선택의 기로에 놓인다. 이는 행동 하나하나가 곧 자기 자신이 된다는 의미이기도 하다. 그래서 실존주의는 때로는 부담스럽지만 동시에 우리가 진짜로 자유롭게 살아갈 수 있다는 희망도 준다. 사는 방식에는 정답이 없기에 자유 안에는 불안과 외로움이 깃들기도 한다. 그러한 과정을 거치지 않는다면 자신만의, 자신이 진정으로 원하는 삶을 만들어 갈 수 없을 것이다. 결국 사르트르의 실존주의는 '내가 나로 살아가는 법'을 가르치는 철학이다. 남이 시키는 대로만 사는 것이 아니라 스스로 생각하며 선택하고, 그 선택에 책임지는 용기가 중요하다는 것이다.

"모든 지식과 관념은 감각 경험과 반성을 통해 얻어진다."

존 로크의 경험론은 지식을 얻는 방법에 대한 '물음'으로부터 시작하는 철학이다. 그는 사람의 마음이 하얀 종이처럼 아무것도 쓰여 있지 않은 상태로 태어난다고 말했다. 이를 백지설이라고 한다. 태어날 때부터 무언가 이미 알고 태어나는 것이 아니라, 경험을 통해 지식을 하나씩 배워나간다고 보는 것이다. 그뿐만 아니라 눈, 귀, 피부 등 오감으로 세상을 느낄 때 비로소 머릿속에 지식이 생긴다고 말했다. 예를 들어 사과가 달콤한지, 바위가 차가운지, 햇빛이 따듯한지 직접 경험해야 알 수 있다는 것이다. 경험에는 외부 세계를 느끼는 감각 경험과 마음속을 살피는 내성 경험이 있다. 감각 경험은 사과를 먹거나 꽃 냄새를 맡는 것과 같고 내성 경험은 슬픔과 기쁨 등의 감정을 느끼는 것이다. 존 로크는 이 두 가지 경험을 더할 때 우리가 세상을 배우고 이해하게 된다고 말했다. 더불어 잘 듣고, 잘 보고, 잘 만지고, 잘 느끼면서 자신만의 생각을 키우라고 강조했다. 이러한 생각은 이후 과학과 교육에도 큰 영향을 주어 실험, 관찰, 체험 학습의 중요성을 일깨워주는 계기가 되었다. 독서도 중요하지만 실제 경험을 통해 배우는 것이 지식을 쌓는 데 더 효율적이라는 것이다.

◈ 더 읽어보면 좋을 작품

《동백꽃》, 김유정

　《동백꽃》은 농촌을 배경으로 장난스럽고 순박한 남녀의 사랑 이야기를 따스한 시선으로 그려낸다. 그래서인지 유머와 토속적인 정서가 짙게 배어 있기도 하다. 농촌 총각인 '나'와 짓궂은 장난을 일삼는 처녀 '점순이'는 티격태격하면서도 서로를 좋아한다. 엉뚱한 오해와 장난 사이에서 점점 가까워지는 두 인물의 모습과 동백꽃이 핀 봄의 풍경은 순수한 사랑이 싹트는 과정을 잘 보여준다. 두 작품 모두 농촌의 풍경을 배경 삼아 인물들의 심리와 관계를 섬세하게 그려내고, 토속적이고 서정적인 우리말의 정취가 잘 살아 있다는 공통점이 있다. 등장인물 모두 인간적인 매력을 지니고 있으며, 자연과 조화를 이루며 살아가는 모습이 긍정적으로 묘사되고 있다.

　《메밀꽃 필 무렵》은 허생원의 지난 연애와 혈연의 그리움을 달밤의 메밀꽃밭에 투영한다. 또한 잔잔하면서도 애틋한 서정으로 인간의 외로움, 인연의 신비로움을 다룬다. 반면 《동백꽃》은 청춘 남녀의 일상적이고 해학적인 사랑 이야기를 유쾌하게 전개한다. 두 작품을 함께 읽으면 농촌의 정취에 깃든 인간성, 자연과 조화된 삶의 아름다움, 나아가 서로 다른 방식의 순수한 사랑을 깊이 있게 이해할 수 있다.

  # 한 걸음 더, 탐구 주제

◈ **사회 연계 – 가족에 대한 그리움과 인간관계**

가족의 역할은 무엇일까? 가족은 다른 사람들과 어떤 차이가 있을까?

◈ **과학 연계 – 동물과 인간의 관계**

동물과 더불어 살아갈 때 인간이 얻을 수 있는 기쁨은 무엇일까?

◈ **수학 연계 – 시간과 거리 계산**

현재 위치에서 목표지점까지 이동해야 할 때, 시간은 어떻게 계산할 수 있을까?

◈ **철학 연계 – 삶의 의미에 대한 성찰**

도시를 벗어나 자연과 마주할 때 삶의 의미는 또 어떻게 달라질까?

동백꽃, 김유정

강원도 시골 마을에 살던 순박한 소년 '나'는 늘 귀찮게 구는 이웃집 소녀 점순이 때문에 고민이 많다. 점순이는 이 마을 마름(지주를 대신해서 토지를 관리하는 사람)의 딸이며, '나'의 가족은 점순이네 땅을 빌려 농사를 짓는다. 하루는 점순이가 삶은 감자를 몰래 건네주었는데 '나'는 대수롭지 않게 여기며 거절한다. 이에 심술이 난 점순이는 자신의 수탉으로 '나'의 수탉을 괴롭히기 시작한다. 점순이의 수탉은 호전적이었기에 '나'의 수탉은 번번이 얻어맞고 피를 흘린다. '나'는 화가 나 자기 수탉에게 고추장을 먹여 힘을 키우려 하지만 역부족이다. 점순이는 아랑곳하지 않고 모이로 '나'의 수탉을 유인해 닭싸움을 붙인다. 어느 날 '나'는 점순이가 자기 집 봉당에 앉아 자신의 씨암탉의 볼기짝을 주먹으로 쥐어박는 모습을 보았다. 이에 격분한 '나'는 자신도 모르게 지게막대를 휘둘러 점순이네 수탉을 친다. 하지만 너무 세게 치는 바람에 점순이네 수탉이 그만 죽어버리고 만다.

본의 아니게 수탉을 죽인 '나'는 점순이네가 화를 내면 집안에 큰 어려움이 닥칠지도 모른다는 생각에 두려워한다. 그렇게 눈물을 글썽이지만 점순이는 의외의 반응을 보인다. 조금도 놀라지 않고 오히려 '나'를 안심시키려 하는 것이다. 점순이는 '나'에게 자기 말만 잘 들으면 아무 일도 없을 거라고 속삭인다. 그러면서도 자기 말을 듣지 않으면 아버지에게 일러바치겠다고 엄포를 놓는다. 어쩔 수 없이 점순이의 품에 안긴 '나'는 정신이 몽롱해진다. 이윽고 두 사람은 노란 동백꽃 무더기 속으로 미끄러져 뒤엉키고 만다. 이 풋풋하고 엉뚱한 싸움과 오해 속에서 시골 아이들의 순수한 사랑이 싹튼다. 그렇게 《동백꽃》은 강원도 농촌에서 피어나는 소박한 사랑을 아름답게 보여준다.

🏵 Q&A로 알아보는 《동백꽃》

Q 주인공인 '나'와 점순이 사이에 불거진 갈등은 어떻게 전개되며, 그 본질은 무엇일까?

A '나'는 소작농의 아들로 순박하고 우직하지만, 감수성과 눈치가 부족하다. 점순이는 마름의 딸로 밝고 적극적이며, 감정을 돌려서 표현하는 성격이다. 점순이는 호의의 표시로 감자를 주지만 '나'가 이를 거절하면서 감정의 골이 깊어진다. 이후 닭싸움, 괴롭힘 등의 장난이 티격태격 이어지면서 둘 사이의 갈등이 심화된다. 이 갈등은 진심을 솔직히 드러내지 못하는 어

설픈 애정 표현에서 비롯된다. 결국 동백꽃밭에 함께 쓰러지
며 화해와 썸의 시작으로 이야기가 마무리된다.

Q 소설에서 가지는 동백꽃의 상징적 의미는 무엇일까?

A 동백꽃은 작품의 전체적인 배경을 이루며, 두 인물 사이에 피
어난 사랑의 감정을 상징한다. 작품 속 동백꽃밭은 사춘기 시
절의 풋풋함과 설렘, 그리고 소박한 시골 정취를 더해준다. 결
말에서 두 사람이 동백꽃 속에 함께 파묻히는 장면은 사랑의
인정, 화해를 나타낸다. 특히 이 장면은 마음의 벽을 허물고
서로의 감정이 하나 되는 순간을 표현하는데 노란 동백꽃의
향기는 두근거림, 알싸함, 청춘의 기억을 부각하는 장치다. 동
백꽃은 단순한 식물이 아니라 인물의 내면 변화와 성장의 무
대가 된다.

고전, 다양한 주제와 만나다

《동백꽃》 × 《에드문트 후설의 현상학》

"우리의 의식은 항상 어떤 무엇을 향해 관계를 맺고 있으므로, 대
상 역시 의식을 매개로 하지 않고서는 대상으로 다룰 수 없다."

에드문트 후설의 현상학은 우리가 세상을 어떻게 인식하는지 탐구하는 철학이다. 후설은 "모든 지식은 직접적인 경험으로부터 시작된다"고 보았다. 그는 우리가 외부의 사물이나 현상을 바라볼 때, 그 자체를 있는 그대로 받아들이지 않고 우리 마음을 통해 해석한다고 말한다. 똑같은 하나의 사물을 봐도 각자 다르게 느낄 수 있다는 것이다. 후설의 현상학에서는 '본질'이 가장 중요하게 여긴다. 여기서 말하는 본질이란 사물이 정말로 무엇인지, 그것의 지닌 진짜 의미가 무엇인지 알아내는 것이다. 의자를 예로 든다면 색이나 크기와 별개로 '앉을 수 있다'는 공통적인 특징이 바로 의자의 본질인 것이다. 후설은 선입견과 편견을 내려놓고 있는 그대로를 받아들이는 노력을 강조했다. 그러면서 세상을 볼 때는 마음을 열고 자세히 관찰해야 한다고 말한다. 결국 후설의 현상학은 '사물을 더 깊이, 열린 마음으로 바라보기'를 권한다. 사는 동안 경험하는 모든 현상에는 숨은 의미가 있으며, 그것을 직접 탐구하고 찾아내는 태도가 철학적으로 중요하다고 가르치는 것이다.

《동백꽃》 × 《의사소통의 한계》

"나는 뒤통수가 화끈거리도록 무안을 당했다."

《동백꽃》의 인물들은 자신의 진심을 솔직하게 표현하지 못한다.

점순이는 좋아하는 마음을 드러내지 않고 감자 주기, 닭싸움 같은 엉뚱한 행동으로 '나'에게 다가간다. 하지만 '나'는 점순이의 의도를 이해하지 못하고, 오히려 감자를 던져버리는 등의 무뚝뚝한 반응을 보인다. 두 사람 사이에는 분명 애정이 있지만, 감정이 어색하게 엇갈리며 오해와 갈등이 반복된다. 이러한 모습은 인간관계의 불완전성과 소통의 한계를 잘 보여준다. 실제로 자신이 느끼는 감정과 말, 행동이 반드시 일치하지는 않는다. 점순이와 '나'는 서로를 대할 때 진심을 숨기고, 간접적인 방식을 취한다. 그래서 상대방이 진짜 원하는 것이 무엇인지, 어떤 마음을 품고 있는지 알지 못한다. 이러한 오해는 결국 두 인물 모두를 외롭게 만든다. 상대의 진심을 완전히 이해할 수 없는 상황에서, 인물들은 마음 한편에 소외와 고독을 느낀다. 이는 실존주의가 말하는 '사회 속 개개인의 소외'와 연결된다. 인간은 함께 살아가지만, 완전히 통하는 마음을 기대하기 어렵고 그래서 각자의 외로움을 안고 살아간다.

《동백꽃》 × 《미하일 바흐친의 카니발 이론》

"한창 피어 퍼드러진 노란 동백꽃 속으로 푹 파묻혀 버렸다. 알싸한, 그리고 향긋한 그 내음새에 나는 땅이 꺼지는 듯이 온 정신이 고만 아찔하였다."

미하일 바흐친의 카니발 이론은 축제나 잔치에서 일상의 규칙과 질서를 잠시 깨고 자유롭게 행동하는 현상을 설명하는 이론이다. 중세 시대에도 '카니발'이라는 큰 축제가 있었는데 이때는 평소에는 엄격했던 신분, 직업, 예절의 구분이 모두 없어지고, 다 같이 친구처럼 어울려 놀았다. 그 축제 때만큼은 평민도 왕처럼 행동하고 장난을 칠 수 있었다는 것이다. 바흐친은 이러한 현상을 긍정적으로 보았다. 평소 억눌렸던 감정이나 속마음을 자유롭게 표현할 수 있고, 서로 다른 사람이 진심으로 어울리며 소통할 수 있다고 생각했다. 축제 속에서는 진지함보다는 유머와 재미, 풍자가 넘치며 평등하고 활기찬 분위기가 형성된다. 이런 모습은 소설이나 영화에서도 자주 나타난다. 인물들이 평소와 다르게, 규칙 없이 자유롭게 행동하며 새로운 생각이나 변화를 겪기도 한다. 결국 바흐친의 카니발 이론은 누구나 가끔은 규칙을 벗어나 자유롭게 어울리는 시간이 필요하다고 말해준다.

❖ 더 읽어보면 좋을 작품

《에밀》, 장 자크 루소

장 자크 루소의 《에밀》은 그의 교육 철학을 집대성한 역작이다. 루소는 이 책을 통해 유아기부터 청소년기, 성인기까지의 발달 단계에 따른 이상적인 교육 방법을 제시한다. 그는 인간은 태어날 때부터 선하고 자유로운 존재이나, 문명과 제도가 인간의 본성을 타락시킨다고 보았다. 학교나 책에 의존하는 주입식 교육을 비판하며, 자연 속에서 스스로 경험하면서 오감과 이성을 발달시켜 올바른 판단 능력을 갖춘 '자연인'으로 성장해야 한다고 말한다. 궁극적으로는 문명의 해악에 물들지 않은 자유롭고 도덕적인 시민 양성을 목표로 한다. 《동백꽃》과 《에밀》은 시대와 장르, 표현 방식은 다르지만 '인간의 본성'과 '자연의 역할', '성장'이라는 핵심 주제를 공유한다.

특히 두 작품 모두 '자연'의 중요성을 강조하는데 《동백꽃》 속 강원도 농촌의 자연은 인물들의 감정과 행동이 자연스럽게 발현되는 무대이자 그들의 삶 그 자체이다. 《에밀》에서의 자연은 아이가 문명의 타락에서 벗어나 자아를 형성하고 스스로 깨우치는 이상적인 교육의 장으로 그려진다. 《동백꽃》의 주인공 '나'는 점순이와의 갈등을 통해 점차 상대를 이해하고 세상의 이치를 깨달아가며, 《에밀》 역시 직접적인 경험과 시행착오를 통해 배우는 '경험주의 교육'의 가치를 보여준다. 우리는 두 작품에서 '직간접적 경험들이 성장의 밑거름이 된다'는 공통된 메시지를 찾을 수 있다.

◈ **사회 연계 – 농촌의 사회 계층과 신분의 차이**

집안 형편에 따른 갈등이 빚어지게 된다면 어떻게 해야 할까?

◈ **과학 연계 – 동물 행동 관찰**

동물들이 싸우는 이유는 무엇이며, 동물마다 성격의 차이가 나타나는 건 무엇 때문일까?

◈ **수학 연계 – 사랑에 얽힌 경우의 수**

마음에 드는 상대에게 자신의 진심을 드러내는 방법에는 어떤 것들이 있을까?

◈ **철학 연계 – 성장과 사춘기의 변화**

우리는 우리의 성장과 변화를 어떤 식으로 자각할 수 있을까?

광장, 최인훈

《광장》은 6.25 전쟁을 배경으로 지식인 이명준의 방황과 고뇌를 그린다. 철학과 학생인 그는 답답하고 형식적인 현실에 깊은 회의를 느끼고, 개인의 진정한 자유와 소통이 없는 남한 사회를 '밀실'이라고 여긴다. 이명준은 이상적인 '광장'과 자유를 꿈꾸며 북한으로 넘어간다. 그러나 기대했던 북한 사회 역시 진정한 자유와 이상을 찾을 수 없는 곳임을 깨닫는다. 개인의 자유가 억압되고, 이념이 모든 것을 지배하고 있는 북한의 모습을 목격한 것이다. 북한 사회 또한 '밀실'과 같은 폐쇄적인 공간에 불과했다. 전쟁 중에 이명준은 유엔군에게 붙잡혀 포로 신세가 되었고, 전쟁 이후 송환을 결정할 때 남한과 북한 그 어느 쪽도 선택하지 않는다. 대신 두 이념의 대립을 넘어선 '제3국'으로 가겠다고 선언한다. 이는 이념의 굴레에서 벗어나 삶의 진정한 가능성을 찾으려는 그의 강한 의지였다.

중립국으로 가는 인도 배 '타고르 호'에 오른 이명준은 자신의 과거를 회상한다. 그는 남한에서의 연인 윤애와 북한에서의 연인 은혜, 그리고 두 사랑의 실패를 되새긴다. 이명준은 이상적인 광장도, 따뜻한 개인의 밀실도 찾지 못했던 자신의 비극적인 삶을 반추하기에 이른다. 배 위에서 그는 끊임없이 고뇌하며, 자신의 선택이 과연 올바른 길인지 번민한다. 자유롭게 날아다니는 갈매기 떼를 보며 그는 알 수 없는 힘에 이끌리기 시작한다. 갈매기는 그의 무의식 속에 남은 잊지 못하는 여인이자 딸의 환영으로 나타나고, 그는 현실 세계의 모든 고통과 좌절에서 벗어나고 싶은 갈망을 느낀다. 마침내 이명준은 중립국에 도착하기 직전, 바다로 뛰어든다. 이 이야기는 이념 대립의 비극 속에서 인간의 진정한 삶을 찾아 헤맨 한 지식인의 고뇌와 절망을 보여준다.

◉ Q&A로 알아보는 《광장》

Q 밀실과 광장이 상징하는 것은 무엇이며, 제3국은 이명준에게 어떤 의미가 있을까?

A 밀실은 내면적 공간, 자기만의 세계와 고독을 상징하고 광장은 사회적 교류, 타인과 함께하는 자유와 이상을 나타낸다. 작품 속에서 남한은 극단적 개인주의와 각자의 밀실이 강조된 공간으로 그려지며, 북한은 이념과 혁명만이 강조된 허위의 공간으로 그려진다. 이명준은 남한의 부패와 이기심, 북한의 억압적 집단주의에 실망한다. 남쪽에서는 사상 때문에 고초를

겪고, 북쪽에서는 혁명과 이념이 모두 허위임을 체험한다. 두 체제 모두에서 인간다운 삶, 자유로운 교류의 공간을 찾지 못하고 방황하다 결국 자신에게 남겨진 선택지는 제3국뿐임을 깨닫는다.

Q **결말 부분의 갈매기와 바다가 상징하는 것은 무엇일까?**

A 갈매기는 이명준이 사랑한 은혜와 그의 딸, 그리고 이상적인 삶에 대한 희구를 상징한다. 바다는 현실적인 삶의 벽을 넘어선 자유와 해방, 새로운 시작의 공간이다. 광장은 인간적 교류의 공간이지만, 그 역시 이상에 불과했다는 주제를 담는다. 이명준이 바다로 투신하는 장면은 깊은 절망과 동시에 해방의 의미도 되새기게 해준다. 결국 소설은 현실에는 존재하지 않는 진정한 광장, 사랑과 자유의 공간을 바다에 투영한다. 이 상징들은 메시지뿐만 아니라 주인공의 내적 여정을 함축적으로 보여준다.

🔶 고전, 다양한 주제와 만나다

《광장》 × 《남북한의 미래》

"동무는 어느 쪽으로 가겠소?"

남북한의 미래는 한반도의 평화, 통일, 사람들의 행복한 삶을 고민하는 데 매우 복합적이고 중요한 주제다. 남한과 북한은 수십 년간 정치, 경제, 문화, 이념 등 여러 면에서 서로 완전히 다른 체제와 방식을 유지해 왔다. 먼저 남북한의 가장 큰 차이는 정치 체제와 자유, 경제 발전 수준에 있다. 남한은 민주주의와 시장경제를, 북한은 사회주의와 계획경제를 유지해 왔기 때문에 교육 제도, 직업 구조, 시민의식 등 삶의 방식에 큰 격차가 존재한다. 이 같은 체제 차이와 함께 인권, 표현의 자유, 법치주의에 대한 인식에도 많은 간극이 생겼다. 경제적으로는 남한이 경제 대국으로 자리 잡았지만, 북한은 상당한 경제난과 자원 부족, 각종 제재로 인해 발전에 제약을 받고 있다. 만약 미래에 통일이 이뤄진다고 해도 경제적 격차를 줄이는 일은 매우 큰 과제가 될 것이다. 일자리, 주거, 복지 등의 기초생활 보장부터, 교육·의료 인프라 확충, 지역 개발, 산업 구조 조정까지 장기적으로 치밀한 준비와 정책적 지원이 필요하다. 통일이 아니더라도 교류 협력만으로도 남북한 사회 전체에 다양한 기회와 도전이 생길 것이다.

《광장》 × 《존 로크의 사회계약론》

"사람들은 자유롭고 평등하며 독립된 자연 상태에서 사회계약을 맺음으로써 정부를 수립한다."

존 로크의 사회계약론은 "왜 우리에게는 국가와 정부가 필요한가?"라는 질문에서 출발하는 철학이다. 존 로크는 자연 상태에서의 인간에게는 모두 자유와 평등이 있으나 법과 질서가 없으면 그것들이 보장되지 않는다고 주장했다. 인간의 탐욕과 욕심이 분란을 만든다는 것이다. 그 때문에 사람들은 서로 약속을 맺고, 자유와 권리의 일부를 정부 또는 지도자에게 맡긴다. 그 후 나머지 권리와 평화를 각자가 스스로 지키게 되었다. 존 로크는 이러한 합의, 즉 '사회계약'을 통해 국가나 정부가 만들어진다고 여겼다. 만약 정부가 국민을 보호하지 않거나 무력으로 짓누른다면, 국민은 다시 그 정부를 바꿀 수 있는 권리가 있다고 말했다. 다시 말해 왕이나 지도자도 국민의 동의 없이 마음대로 행동할 수 없고, 그만큼 국민의 권리를 가장 중요하게 생각한 것이다. 존 로크의 사회계약론은 민주주의와 인간의 권리, 법의 중요성 같은 생각의 기초가 되었다.

《광장》 × 《구토》

"무엇보다 주인공이 끊임없이 질문을 던지고 있다. 이 질문은 존재에 대한 근원적인 형태를 띤다."

장 폴 사르트르의 《구토》와 최인훈의 《광장》은 모두 인간 존재의 본질과 의미를 근원적으로 탐색하며, 실존주의적 문제의식을 공유한다. 《구토》의 로캉탱은 일상의 의미를 잃고, 현실 세계와의 단절감 속에서 '나는 누구인가?', '존재의 의미는 무엇인가?'라는 불안과 회의에 끊임없이 사로잡힌다. 그는 주변 사물뿐 아니라 자기 자신조차 낯설게 느끼며, 존재 자체의 무게와 구토감을 몸소 체험한다. 이런 자기 성찰과 존재에 대한 불안은 삶의 목적과 정체성에 대한 근원적 질문으로 이어진다. 《광장》의 이명준 역시 남북 분단의 현실, 이념과 인간 사이에서 끝없이 자기 자신에게 질문을 던진다. 이명준이 택해야 하는 '광장'과 '밀실'은 외부 세계와 자기 내면의 대립이며, 그는 어느 한쪽도 완전히 수용하지 못한 채 갈등한다. 작품 전반에 걸쳐 '나는 어떤 존재인가?', '진짜 자유란 무엇인가?' 등의 실존적 물음이 반복된다. 두 작품 모두 등장인물이 타인의 시선이나 사회적 가치가 아닌 자기 자신과 삶의 본질을 스스로 묻고 답하는 과정을 중시한다.

🏵 더 읽어보면 좋을 작품

《율리시스》, 제임스 조이스

《율리시스》는 20세기 영문학을 대표하는 소설이다. 아일랜드 더블린을 배경으로 1904년 6월 16일 하루 동안의 일상을 세밀하게 따라가며, 호메로스의 《오디세이아》를 모티브로 삼는다. 제임스 조이스는 주인공 블룸의 일상적 행로를 오디세우스의 모험적 여정에 빗대어 삶과 존재, 정체성, 근원적 방황의 의미를 탐구한다. 더불어 의식의 흐름 기법과 내면 독백, 다양한 문체 실험 등 혁신적 서술방식으로 인간 내면의 심리와 언어의 한계를 밀도 있게 그려낸다.

《율리시스》와 《광장》 두 작품 모두 소속과 정체성에 대한 근원적 고민, 현실과 이상 사이의 방황, 사회적 제도와 내면적 자유에 대한 탐구를 주제로 한다. 특히 주인공이 구체적인 시간과 공간(더블린, 분단 조국) 속에서 자신의 정체성과 삶의 의미를 끝없이 찾으려 한다는 점이 닮았다. 《율리시스》가 개인의 내면과 언어, 일상의 심리 흐름에 집중하며 형식적 실험에 중점을 두었다면, 《광장》은 분단 현실과 이데올로기 속에서 방황하는 지식인의 사회적·역사적 고뇌와 선택에 집중하고 있다. 다시 말해 제임스 조이스는 보편적 인간 조건과 의식의 내밀한 순간을 파고들었고, 최인훈은 분단과 이념이라는 시대의 틀 안에서 개인의 자유와 한계, 소속의 문제를 뚜렷하게 제기했다.

한 걸음 더, 탐구 주제

◈ **사회 연계 – 개인과 사회의 관계, 그리고 소외**

혼자 있을 때와 여럿이 있을 때, 정서적으로 어떤 차이가 있을까?

◈ **과학 연계 – 환경이 인간의 심리에 미치는 영향**

환경이 바뀔 때, 감정의 변화는 왜 일어나는 것일까?

◈ **수학 연계 – 분할과 균형의 구조**

무언가를 정확히 반으로 나누려면 어떤 방법(혹은 도구)을 사용해야 할까?

◈ **철학 연계 – 자유와 선택의 책임**

스스로 결정한 일은 반드시 스스로 책임져야 하는 것일까?

삼대, 염상섭

염상섭의 《삼대》는 1930년대 일제강점기 서울을 배경으로 한다. 이 소설은 한 부유한 조씨 집안의 할아버지, 아버지, 아들 삼대가 겪는 복잡한 갈등을 그린다. 첫째, 집안의 가장 큰 어른인 할아버지 조의관은 구한말 세대를 대표한다. 그는 맨주먹으로 큰 부를 쌓은 자수성가형 인물이다. 돈으로 양반 족보를 사고, 형식과 체면을 중시하며 낡은 유교적 가치에 얽매여 산다. 둘째, 아버지 조상훈은 개화기 세대의 인물이다. 그는 미국 유학을 다녀와 기독교와 서양 문화를 받아들였다. 겉으로는 사회사업에 열중하지만, 실제로는 방탕한 생활을 일삼아 집안에 골칫덩이가 된다. 셋째, 조의관의 손자이자 조상훈의 아들인 조덕기는 식민지 세대를 대표한다. 그는 할아버지의 고리타분함과 아버지의 위선적인 모습 사이에서 방황하며, 집안의 복잡한 문제들과 친구 김병화와의 이념 갈등 속에서 자신만의 올바른 길을 찾으려 노력한다.

조의관은 아들을 못 미더워하며 자신의 재산을 지키려 하고, 아들 조상훈은 돈을 마구 쓴다. 조덕기는 이러한 집안의 돈이 옳은 방향으로 쓰이지 않는 것에 대해 깊이 고민한다. 이처럼 삼대는 각자의 가치관과 삶의 방식들이 너무나 달라 첨예하게 대립하게 된다. 소설은 돈과 명예, 그리고 진정한 삶의 가치를 찾아 헤매는 이들 삼대의 모습을 통해 일제 식민지라는 혼란스러운 시대 속에서 한국 사회가 겪은 세대 간의 갈등과 변화를 생생하게 보여준다. 결국, 부유했던 조씨 집안은 세대 간의 충돌과 시대적 혼란 속에서 서서히 몰락해 간다. 염상섭은 작품을 통해 '낡은 것'과 '새로운 것'의 충돌 속에서 진정한 삶의 의미와 인간의 역할이 무엇인지 묻는다.

🔶 Q&A로 알아보는 《삼대》

Q 조씨 가문의 삼대(할아버지, 아버지, 손자)는 각각 어떤 가치관을 지니고 있으며, 이들이 겪는 주요 갈등은 무엇일까?

A 조의관(할아버지)은 봉건적 전통과 명분, 재산을 중시하는 구세대 인물이며 조상훈(아버지)은 외적으로는 신문물과 종교를 받아들이나 생활이 방탕하고 위선적이다. 손자인 조덕기는 새로운 사회와 정의를 추구하는 지식인이지만, 태도가 적극적이지는 않다. 세 세대는 가문의 명예, 재산, 종교, 삶의 방식 등에서 끊임없이 갈등을 빚는데 특히 세대 간의 생각 차이는 가족 안에서 큰 충돌로 이어지고 서로를 불신하게 만드는 계기가 된다. 이러한 갈등은 일제강점기의 사회 변화 속에서 가족

간의 가치관 충돌을 집약적으로 보여준다.

 일제강점기의 사회적 변화와 민족 현실이 작품 속에서 어떻게 드러나고 있을까?

 1930년대 서울, 식민지 현실과 계층의 변화가 작품에서 생생하게 드러난다. 조씨 가문은 몰락해가고 각 세대는 생존과 적응, 저항의 다른 길을 모색한다. 사회는 신구 사상, 봉건주의, 근대사조, 기독교와 전통이 뒤섞여 혼란스럽다. 현실의 부정, 새로운 사조의 수용, 내부 갈등이 동시에 일어나며 조덕기 등의 청년들은 사회운동, 계급투쟁, 정의 등 변화의 실마리를 모색한다. 《삼대》는 당시 조선인의 위기와 고민을 사실적으로 담아낸다. 대화체와 내면 묘사, 다양한 인물 구성으로 사실주의 기법이 두드러지며 인물들의 갈등과 심리를 매우 세밀하게 묘사한다.

🔶 고전, 다양한 주제와 만나다

《삼대》 × 《헤겔의 변증법》

"너희들 세대는 우리 때와는 달라. 모두 자기 생각만 옳다고 믿고 있으니까."

'변증법'은 세상의 변화와 발전을 설명하는 독일 철학자 헤겔의 중요한 생각이다. 변증법의 가장 기본적인 구조는 '정-반-합'이며, '정'은 어떤 생각이나 상태를 의미한다. 그러나 '정'은 곧 그 반대되는 생각이나 힘, 즉 '반'이 나타나면서 갈등을 겪게 된다. 이렇게 정과 반이 서로 맞서고 부딪치면, 결국에는 둘의 좋은 점을 합친 새로운 단계, '합'으로 발전하게 된다. 가령 집안에서 부모님의 생각(정)과 자녀의 의견(반)이 갈등하다가 서로 타협해서 더 좋은 방법(합)을 찾는 과정과 비슷하다고 볼 수 있다. 헤겔은 이런 식으로 세상의 역사, 사회, 사람의 생각이 계속 변화하고 발전한다고 보았다. 그런즉 갈등이나 다툼이 있다고 해서 무조건 나쁜 것이 아니라, 이를 다음 단계로 나아가기 위한 과정으로 볼 수도 있다는 것이다.

《삼대》 × 《아리스토텔레스의 정치학》

"가족을 위한다는 명분 아래, 개인의 뜻은 늘 뒷전으로 밀려난다."

아리스토텔레스는 정치학을 통해 사람들이 국가를 만들고 함께 살아가는 이유를 설명했다. 정치학에 따르면 사람은 혼자 살 수 없고 그렇기에 자연스럽게 다른 사람들과 모여 사회를 만든다. 가장 작은 규모의 사회는 다름 아닌 가족이며 이러한 가족이 모이면 마을이 되고, 마을이 모이면 국가가 된다고 말한다. 모두 행복하게, 더 잘 살기 위해 필요한 조직이 '국가'라고 생각한 것이다. 국가의 가장 중요한 목적은 모두의 이익, 즉 '공동선'을 실현하는 것이다. 아리스토텔레스는 모두의 행복을 위해서는 법과 제도가 반드시 필요하다고 강조했다. 나아가 그는 정치 체제를 한 사람이 다스리는 왕정, 여러 명이 다스리는 귀족정, 사람들이 다 함께 다스리는 민주정으로 나누었다. 각 정치 체제는 좋은 모습도 있지만 언제든 나쁜 모습으로 변할 수도 있다고 강조했다. 왕정이 나빠지면 폭군정이 되고, 민주정이 나빠지면 다수의 횡포가 될 수 있다고 말했다.

《삼대》 × 《존 로크의 계몽주의》

"나는 옳지 못한 전통엔 기댈 생각이 없다. 남이 아닌 나 자신으로 살고 싶다."

존 로크는 영국의 계몽주의 철학자로, 모든 사람은 태어날 때부터 자유롭고 평등하다고 강조했다. 사람의 마음이 처음에는 하얀 도화지와 같고, 경험을 통해 지식과 지혜가 그 도화지에 채워진다고 말했다. 또한 존 로크는 "누구에게나 이성과 판단 능력이 있으며, 스스로 생각하고 선택할 수 있다"고 말하며, "국가는 국민의 자유와 권리를 지키기 위해 존재한다"고 주장했다. 그는 자유, 생명, 재산을 인간의 기본적 권리로 보았으며, 누구도 이러한 권리를 함부로 빼앗을 수 없다고 말했다. 만약 나라의 지도자나 정부가 국민의 권리를 보호하지 않으면, 국민은 얼마든 저항할 수도 있다는 것이다. 존 로크는 국가의 권력이 '국민의 동의'에서 나온다고 믿었으며, 이 생각은 민주주의의 핵심이 되었다. 계몽주의 시대에 존 로크의 사상은 유럽 사회를 크게 변화시켰고, 인간이 지닌 자유와 평등의 중요성을 견고하게 다졌다. 그의 이론은 오늘날 인권과 민주주의의 기반이 되었다.

🏵 더 읽어보면 좋을 작품

《아버지와 아들》, 이반 투르게네프

《아버지와 아들》은 러시아 농촌을 배경으로, 보수적인 아버지와 급진적인 사상을 지닌 아들 사이에 벌어지는 세대 간 갈등과 그 과정에서의 화해와 성찰을 그린다. 니콜라이 페트로비치와 바자로프라는 두 인물 사이의 대립과 이해, 시대적 변화 속에서 인간이 겪는 내면적 고민이 서정적으로 전개된다. 작품은 가부장적 전통과 혁신적 가치관이 충돌하는 러시아 사회의 단면을 보여주며, '누구도 완전히 옳지는 않다'는 메시지를 던진다. 두 작품은 삼대에 걸친 가족 구성원의 세대 갈등, 전통과 근대·혁신의 충돌, 그리고 변화하는 사회 속에서 각 인물이 겪는 혼란과 고민을 사실적으로 그린다는 점에서 닮았다. 가족의 몰락과 세대의 이질성이 사회 전반의 가치관 변화와 맞닿아 있다는 점도 유사하다.

한편 《삼대》는 일제강점기 식민지 조선의 중산층 가문을 무대로 봉건, 개화, 식민 세대를 대표하는 인물들이 각각의 세계관과 가치관을 드러낸다. 염상섭이 한 집안의 흥망을 통해 한국 근대사의 고뇌와 사회적 현실을 깊이 있게 다루는 데 반해 이반 투르게네프는 사회주의와 자유주의, 그리고 개인주의적 젊은 세대와 전통적 질서의 구세대가 대립하는 러시아 농촌의 현실과 인간 군상을 보여준다. 세대 간의 화해와 인간적 본질을 근본적으로 탐구하는 것이다. 이렇게 두 작품을 함께 읽으면 동서양 문화의 시대적 변화 속에서 세대 간 갈등, 개혁에 대한 두려움과 모색, 가족과 사회의 본질적 문제를 폭넓게 성찰할 수 있을 것이다.

◈ 사회 연계 – 돈과 신분, 계층의 갈등

돈이나 재물이 가족 간의 사랑을 갈라놓을 수도 있을까?

◈ 과학 연계 – 시대의 변화와 새로운 기술

새로운 기술은 사회 발전에 어떤 식으로 영향을 끼칠까?

◈ 수학 연계 – 자산 분배와 계산

여러 명에게 무언가를 나눌 때 가장 공평하게 나누는 방법은 무엇일까?

◈ 철학 연계 – 가치관의 충돌

상대방의 가치관과 나의 가치관이 충돌하면 어떤 일이 발생할까?

66

무진기행, 김승옥

　잘나가던 제약회사 간부 윤희중은 지루한 서울에서의 일상에 지쳐 고향인 무진으로 내려간다. 무진은 끊임없이 안개가 피어오르는 신비롭고 아련한 분위기의 바닷가 마을이다. 그는 이곳에서 과거에 대한 향수와 함께 잠시 현실을 잊고 싶어 한다. 무진에서 윤희중은 중학교 시절 친구 조와 문학을 좋아하던 후배 박 선생을 만난다. 그중에서도 특히 무진을 벗어나 서울로 가고 싶어 하는 젊은 음악 선생 하인숙에게 관심을 가진다. 하인숙에게서 젊은 시절 순수했던 자신의 모습을 발견하고 묘한 연민과 사랑을 느끼기 시작한다. 윤희중은 하인숙에게 "서울로 데려가 주겠다"고 약속하며 함께 새로운 미래를 꿈꾸는 듯하다. 무진에서의 시간은 윤희중에게 일상과는 전혀 다른 낭만과 자유를 선사하고, 하인숙은 안개처럼 불확실하고 꿈같은 무진의 분위기에 점차 빠져든다.

　그러나 무진에서 느낀 감정들은 서울의 현실과는 너무나도 동떨어진 것이었다. 안개처럼 모호한 감정이 현실 앞에 흔들리기 시작하던 어느 날, 아내로부터 서울로 돌아오라는 전보가 도착한다. 하인숙에게 남기려던 편지를 찢어버리며 끝내 그는 무진을 떠나

기로 결심한다. 윤희중은 달콤했던 무진에서의 짧은 일탈을 뒤로 하고 서울로 향한다. 꿈과 낭만이 허용되지 않는 현실로의 이동이 었다. 무진에서의 일들이 꿈처럼 사라지니, 모든 것은 원래대로 돌아온다. 이 소설은 안개로 상징되는 허무와 비현실적인 공간 '무진'을 통해 인간의 고독을 보여준다. 개인의 순수한 꿈과 낭만 이 현실 앞에서 어떻게 사라지는지 쓸쓸하게 그려내는 것이다. 현 대인이 겪는 소외감과 삶의 비애가 일견 담담하게 전달되기에 독 자에게 많은 사유를 던져준다. 과연 우리도 무진에 계속 머물지 못하고 서울이라는 현실로 돌아가야 할까?

🔴 Q&A로 알아보는 《무진기행》

🔴 **Q 윤희중은 왜 무진에 다시 오게 되었으며, 그곳에서 발견한 자신의 진짜 모습은 무엇일까?**

🔵 **A** 윤희중은 평범하고 안정된 삶을 살아가지만 내면에는 늘 공허 함이 서려 있다. 어머니의 장례 때문에 오랜만에 고향 무진을 찾게 되면서 옛 친구, 후배, 하인숙 등과 재회한다. 고향에 왔 다는 기쁨도 잠시, 과거의 순수함과 현실적 모습 사이에서 혼 란을 겪으며 자신이 진정으로 원하는 것이 무엇인지 되새겨본 다. 도시에 적응한 현실의 모습과 순수한 이상 사이의 갈등 고

조는 윤희중이 정체성을 찾아 나가는 과정이다.

Q 작품에서 안개가 갖는 상징적 의미는 무엇일까?

A 안개는 윤희중이 겪는 혼란과 불확실, 내적 방황을 상징한다. 무진에 가득한 안개는 기억과 현실이 분명히 구분되지 않는 상태를 보여준다. 앞이 잘 보이지 않는 상황처럼, 주인공도 삶의 답을 쉽게 찾지 못한다. 안개는 과거와 현재, 이상과 현실 사이에서 망설이는 그의 심리를 잘 드러낸다. 그뿐만 아니라 안개는 주인공이 결국 뚜렷한 결론 없이 다시 세상으로 나아가게 되는 결핍과 허무 또한 나타낸다. 이렇듯 안개는 소설 전체의 분위기와 주제를 관통하는 중요한 상징물이다.

고전, 다양한 주제와 만나다

《무진기행》 × 《불교의 무상》

"착하게 보려는 마음이 없으면 아무도 착하지 않을 거예요. 나는 우리가 불교도라고 생각했다."

불교는 인생이 무상하고, 모든 것이 변한다는 사실을 강조하기에 허무주의적 성격을 띠지만 실상은 그렇지가 않다. 불교는 만물

에 고정불변의 실체가 없다고 가르치는데(空의 개념), 여기서의 ‘공’
은 아무것도 없다는 뜻이 아니라 모든 것이 인연에 따라 일어나고
변한다는 뜻이다. 불교의 무상(無常)은 ‘모든 게 쓸모없다’는 허무
주의와는 다르다. 불교는 변화와 무상을 받아들이면서 현실을 더
성실하게 살 것을 권한다. 모든 현상이 잠시 스쳐가는 것임을 알
아차리고, 집착에서 벗어나 자유로워지라고 한다. 고정된 자아가
없으니 목적을 향한 집착을 내려놓고 긍정적으로 살아가라는 것
이다. 세계의 근본에는 변하지 않는 본질이 없지만, 그 덕분에 새
로운 삶과 관계가 계속 펼쳐진다. 불교는 이러한 무상, 무아, 고
(苦)의 진리를 통해 삶의 괴로움을 없애고 행복과 평온에 이르도
록 안내한다. 허무는 인생의 진리를 오해할 때 온다. 불교는 오히
려 집착과 괴로움에서 벗어나게 하며 더 나은 삶을 위한 지침서를
제공한다. 허무주의에서는 모든 게 무의미하다고 느끼지만, 불교
는 변화 속에서도 의미와 책임을 발견한다고 말한다. 즉, 불교의
본뜻은 허무주의가 아니라 모든 것이 공(空)함을 알면서도 주어진
삶에서 그 의미를 찾으라는 가르침이다.

《무진기행》×《인간 내면의 자각》

"무진에 명산물이 없는 게 아니다. 나는 그것이 무엇인지 알고 있다. 그것은 안개다."

인간 내면의 자각이란 자기 자신이 누구인지, 무엇을 느끼고 생각하는지 스스로 알아차리는 것이다. 겉으로 드러나는 행동이나 말에는 집중하기 쉽지만, 마음속에 숨은 여러 감정과 생각에 집중하는 건 어렵다. 내면을 자각하려면 조용히 자신을 돌아보며 현재 기분이 어떤지, 왜 이런 기분이 드는지 의식해야 한다. 간혹 슬픔이나 기쁨의 이유를 알지 못할 때도 있는데, 이러한 감정 역시 내면을 이해해야 그 원인을 알 수 있다. 내면을 자각하면 자신의 강점과 약점, 꿈, 목표, 감정의 변화 요소 등을 더 잘 파악할 수 있으며 이러한 과정은 자기 자신과 직면하는 연습이라고도 볼 수 있다. 내면을 들여다보면 '남과 비교하지 않는' 자신만의 소중함을 찾을 수도 있다. 실수 앞에서도 자책하지 않고 왜 그런 행동을 했는지 돌아보며 스스로를 이해할 수 있다는 것이다. 내면의 자각이 깊어지면 남의 말이나 시선에 쉽게 흔들리지 않게 되고, 진짜 원하는 것이 무엇인지 분명하게 알게 된다. 이는 학교생활이나 친구 관계에서도 많은 도움이 된다. 자신에 대한 밀도 있는 이해는 자신감, 자존감과도 연결된다.

"무진에서는 누구나 그렇게 생각하는 것이다. 타인은 모두 속물이라고. 나 역시 그렇게 생각하는 것이다. 타인이 하는 모든 행위는 무위(無爲)와 똑같은 무게밖에 가지고 있지 않은 장난이라고."

타자의식은 다른 사람과 자신을 구별하고, 타인의 시선이나 생각을 의식하는 것을 말한다. 대부분은 자기 자신에게 집중하지만 때로는 친구나 가족, 주변 사람들이 자신을 어떻게 인식하고 있는지 신경이 쓰이기도 한다. 타자의식이 지나치면 남들의 칭찬이나 비판에 민감해질 수 있으며, 내 마음이 진정으로 원하는 것을 놓치게 될 수도 있다. 물론 타자의식이 아예 없어도 문제다. 다른 사람의 입장을 전혀 이해하지 못하고 이기적으로 행동하게 되기 때문이다. 그래서 적당한 타자의식은 타인과 더불어 살아가는 데 꼭 필요한 요소다. 타인의 말과 행동을 받아들이면서도 내 생각을 잃지 않는 균형 역시 중요하다. 가령 학교에서 친구와 다툼이 있을 때 친구의 마음을 이해하려고 노력하면 갈등을 쉽게 풀 수 있다. 타자의식은 자신의 행동이 주변에 어떤 영향을 미칠지 한 번 더 돌아보게 해준다. 친구나 선생님의 말을 듣고 그대로 따라 하기 전에 왜 그런지 스스로 생각하게 하는 것도 타자의식과 관련 있다. 결국 타자의식은 나와 남을 모두 존중하면서 건강한 관계를 만드는 데 꼭 필요한 마음인 것이다. 서로의 다름을 인정하고, 그

안에서 자신의 생각와 마음을 지키는 게 중요하다. 이러한 태도는
더 넓은 세상에서 살아가는 데도 큰 힘이 된다.

🔶 더 읽어보면 좋을 작품

《좁은 문》, 앙드레 지드

《좁은 문》은 순수한 사랑과 종교적 이상을 좇아 현실의 욕망과
안락함을 포기하는 남녀의 비극적 사랑 이야기를 담고 있다. 주인
공 제롬과 알리사는 서로 사랑하지만, 알리사는 신앙과 자기희생
의 길을 택하고 사랑을 포기한다. 둘의 사랑은 깊지만 결코 이루
어질 수 없고, 인간의 이상과 현실, 갈등과 내면 탐구의 서정이 애
틋하면서도 아름답게 그려진다. 두 작품은 한 인간이 자신의 삶의
의미와 참된 자아를 찾아가는 과정을 보여준다는 공통점이 있다.
인간 내면의 공허와 갈등, 절망, 슬픔이 두 작품에 깊이 서려 있는
것이다.

외형적 성공이나 사회적 명분 이면에 자리한 인간의 약함과 방
황, 자기기만, 순수를 향한 동경과 현실 도피적 심리가 세밀하게
묘사되고 있다는 점도 닮았다. 그러나 현대적 도시인의 내면적 불
안과 고독, 자기 상실과 현실 타협의 허무를 한국적 배경과 감수
성 속에서 탐구하는 《무진기행》과는 달리 《좁은 문》은 종교적 이

상과 도덕적 갈등, 그리고 이루어질 수 없는 사랑의 슬픔을 프랑스적 서정 속에서 풀어낸다. 두 작품을 나란히 읽는다면 내면의 성장, 자기 정체성의 위기, 인간의 본질적 고독과 순수에 대한 갈망을 동서양 각기 다른 방식으로 성찰할 수 있게 된다.

한 걸음 더, 탐구 주제

◈ 사회 연계 – 현대인의 소외와 고독
주위에 항상 사람이 넘치는데도 외로움을 느낀다면 무엇이 문제인 것일까?

◈ 과학 연계 – 자연 현상과 심리적 변화
날씨 등 자연 현상은 인간의 심리, 정서에 어떤 영향을 미칠까?

◈ 수학 연계 – 시공간의 추상적 거리감
특정 공간에서는 시간이 더 빠르거나 혹은 느리게 가는 듯한 느낌이 드는데, 그 이유가 무엇일까?

◈ 철학 연계 – 자아의 정체성과 방향
힘들거나 괴로울 때 고향이나 과거의 추억들이 떠오르는 건 왜일까?

2장
동양고전
철학 윤리

아침부터 등교하느라 고생 많았어, 서연아~
뭐 잘못 먹었어? 갑자기 왜 그래?

에, 네가 언제부터?
왜 그러긴, 나는 사람을 사랑하는 마음과 예절을 갖춘 사람이니까.

어제의 나와 오늘의 나는 달라. 사람은 평생 배우고 발전하는 존재거든.
그래서 오늘 뭐가 더 나아질 건데?

나는 오늘 밥에 대한 예의를 갖추고 급식을 두 번 먹으려고 해. 나날이 발전해야 좋은 사람이 된다구!
아… 그건 돼지 아니고?

논어, 공자

《논어》는 고대 중국의 위대한 사상가 공자와 제자들의 대화를 담은 책이다. 이 책은 '배움'의 중요성으로 시작한다. 배우고, 때때로 익히는 기쁨에 대해 강조한다. 공자는 끊임없이 배우고 자신을 갈고닦는 '군자'가 되라고 가르친다. 가장 중요한 가르침은 '인(仁)'이다. 이는 사람을 사랑하고 배려하는 마음을 뜻한다. '효(孝)'와 '제(悌)' 역시 빼놓을 수 없다. 부모님을 공경하고 형제자매와 우애하는 것은 인의 출발점이다. '예(禮)'는 올바른 행동 방식과 사회 규범을 의미하며, 인을 실현하는 중요한 수단이 된다. 공자는 '내가 하기 싫은 일은 남에게도 시키지 말라'고 가르친다. 자신이 서고자 하면 남을 먼저 세우고, 자신이 이루고자 하면 남이 먼저 이루게 도와야 한다.

군자는 이치를 밝히는 데 힘쓰고, 소인은 작은 이득을 좇는다고 가르친다. 배움에 게으르지 않고, 가르치기를 싫어하지 않는 것이 군자의 덕목이라는 것이다. 또한 잘못이 있다면 고치기를 주저하지 말아야 한다. 덕을 기르기 위해 먼 곳의 친구를 찾아가 배우는 것도 중요하다고 말한다. 정치에서는 백성을 덕으로 다스리고, 형벌보다 솔선수범하는 지도자의 모범을 강조한다. 지도자는 백성을 사랑하고 올바른 도리를 따라야 한다. 지나친 것은 미치지 못하는 것과 같으니, 중용의 도를 지켜야 한다고 말한다. 사람의 인격을 세우는 것은 배우고 익히는 데에 있음을 거듭 강조한다. 군자는 조화를 추구하지만 무조건 같아지려 하지 않고, 소인은 항상 같아지려 한다. 험한 세상 속에서도 군자는 늘 올바른 길을 잃지 않는다고 이야기한다. 《논어》는 단순한 옛날이야기가 아니라 오늘날 우리가 어떻게 살아야 하는지에 대한 깨달음을 주는 매우 귀중한 자료이다.

◉ Q&A로 알아보는 《논어》

ⓠ 공자가 말한 올바른 인간관계와 그 의미는 무엇인가?

ⓐ 《논어》는 사람의 도리와 예의를 중요하게 여기며 존경과 배려, 신뢰로써 관계를 맺고, 서로를 이해하려 노력해야 한다고 말한다. 부모와 자식, 친구 사이에서 각자 지켜야 할 도리가 있음을 강조한다. 사람마다 위치가 달라도 서로가 서로에게 모범이 되어야 하며, 이런 생각은 오늘날 인간관계의 기본 원칙이 되고 있다. 결국 공자는 모두 함께 조화롭게 살아가는 사회를 꿈꾼 것이다. 이러한 교훈은 동양 문화권에서 도덕, 교육,

인간관계의 바탕이 되었다. 공자의 가르침은 가치 있는 삶을 영위하는 데 여전히 유효하게 작동한다.

Q 덕과 수양이 왜 중요하며, 이를 어떻게 실천해야 하는가?

A 공자는 덕이 있는 사람만이 진정한 리더가 될 수 있다고 했다. 덕은 남을 배려하고 바른 행동을 하는 마음에서 나온다. 스스로를 잘 돌아보고 실수를 인정하며, 끊임없이 배우는 태도를 지녀야 한다는 것이다. 겸손과 절제가 수양의 기본임을 강조하고 실천의 중요성 또한 일깨워주고 있다. 그러기 위해서는 작은 일에도 최선을 다하며, 남의 단점보다는 내 잘못을 먼저 살피는 것이 중요하다. 덕을 실천하는 습관이 쌓여야 참된 인격이 완성되기 때문이다.

고전, 다양한 주제와 만나다

《논어》 × 《아리스토텔레스의 덕》

"인(仁)은 인간관계와 사회에서의 사랑, 배려, 자비를 뜻하지만 단순히 이론적으로만 배워서는 진정한 변화나 깊은 성찰에 이르기 어렵다."

논어에서 공자는 인을 배우고 그것을 삶의 바탕으로 삼아야 한다고 했다. 이는 사람을 사랑하고 존중하는 마음을 '모든 행동의 시작점'으로 두라는 뜻이다. 인은 친구, 가족, 이웃에게 따뜻하게 대하는 태도에서 시작한다. 이런 마음을 실천하는 사람은 결국 주변과 좋은 관계를 맺고, 삶에서 더 크게 발전할 수 있다. 아리스토텔레스도 덕을 매우 중요하게 여겼다. 행복을 위해서는 좋은 성품, 즉 덕을 키워야 한다고 말한 것이다. 덕은 용기, 절제, 정의, 관용처럼 올바른 행동과 성격을 말한다. 아리스토텔레스는 덕이 단순한 생각이 아니라 실천과 반복을 통해 습관으로 쌓여야 한다고 강조했다. 두 사상 모두 선(善)에 기반하는데 논어의 인은 남을 배려하는 마음이고, 아리스토텔레스의 인은 자신과 주변 모두를 배려하는 마음이다. 물론, 이론적인 깨달음보다는 실제 행동으로 옮기는 것이 더 중요하다. 두 사상에는 차이점도 있다. 공자는 인이 인간관계에서 시작된다고 보았고, 아리스토텔레스는 자기 성찰과 실천을 통해 덕이 쌓인다고 보았다. 하지만 두 이론 모두 자기 자신과 남, 그리고 사회 전체에 긍정적인 영향을 준다는 공통점을 갖는다.

《논어》 × 《칸트의 도덕적 인간》

《논어》 × 《칸트의 도덕적 인간》

"군자는 의리에 밝고, 소인은 이익에 밝다."

칸트는 의무를 지키는 사람이 '도덕적 인간'이라고 말했다. 그는 우리가 어떤 행동을 해야 하는 이유가 '좋아서'가 아니라 '옳아서'가 되어야 한다고 강조했다. 즉, 남이 보거나 칭찬해서가 아니라, 올바르기 때문에 그 일을 해야 한다고 본 것이다. 칸트는 이러한 행동을 '도덕법칙을 따르는 것'이라고 했다. 여기서 말하는 도덕법칙은 '네가 하려는 행동이 모두가 따라도 괜찮은 것인지 생각하라'는 일종의 명령이다. 예컨대 거짓말을 한다면 만약 모두가 거짓말을 해도 괜찮은지 고민해야 한다는 것이다. 만약 그 거짓말로 인해 세상이 나빠진다면 그 행동은 옳지 않은 것이다. 그래서 칸트는 '내가 하고 싶은 대로가 아니라, 모두에게 옳은 행동을 해야 한다'고 강조한다. 이러한 이유로 칸트의 도덕적 인간은 자신의 욕심보다는 만인에게 옳고 바른 길을 선택한다. 친구가 힘들어할 때 도움을 주고, 남을 속이지 않고, 약속을 잘 지키려는 것도 모두 도덕법칙을 따르는 행동이다. 결국, 도덕적 인간이란 '의무'를 중심에 두고 언제나 자신과 타인 모두에게 옳은 행동을 실천하는 사람인 것이다.

《논어》 × 《소크라테스의 성찰》

"배우고, 때때로 익히면, 이 또한 기쁘지 아니한가?"

공자는 "배우고, 때때로 익히면, 이 또한 기쁘지 아니한가?"라고 말하며 배움의 기쁨을 강조했다. 그는 새로운 지식을 배우는 것뿐만 아니라 배운 것을 반복해서 익히는 과정에서 즐거움이 나온다고 보았다. 이러한 태도는 배움이 단순한 정보 습득이 아니라 삶 전체를 발전시키는 과정임을 의미한다. 자기 자신을 성장시키려면 꾸준히 실천하는 자세도 필요하다고 했다. 한편 소크라테스는 "너 자신을 알라"라는 명언으로 유명하다. 그는 세상에 대해 아는 것도 중요하지만 그보다 더 중요한 것은 자기 자신을 정확하게 바라보는 것이라고 강조했다. 소크라테스는 스스로의 무지를 인정하고, 질문과 대화를 통해 자기 성찰을 하라고 했다. 그래야 참된 지혜에 가까워진다고 믿었다. 두 이론 모두 '배움'과 '성장'을 중요하게 여긴다. 공자는 타인과의 관계, 사회 속에서 배우고 실천해 나가며 삶을 더 풍요롭게 만드는 방식을 택했고, 소크라테스는 자기 내면을 돌아보고 스스로를 점검하는 방식을 택한 것이다. 공자는 실천과 반복을, 소크라테스는 자기 성찰과 물음을 강조했으나 두 사람 모두 자기 발전과 올바른 삶, 행복을 위한 태도의 중요성을 강조한 것에는 틀림이 없다.

《인생론》, 톨스토이

 《인생론》은 삶의 목적과 윤리, 선과 악, 도덕적 실천의 중요성 등 삶의 근본적 가치와 올바름에 대해 성찰하는 작품이다. 이 책은 인간 자신의 내면을 돌아보고, 타인과 더불어 살아가는 삶의 태도, 절제와 사랑, 진정한 행복의 의미를 탐구한다. 《논어》가 군자와 소인의 차이, 인(仁)과 예(禮), 지혜로운 삶을 제시한다면 《인생론》은 인간의 자기 성찰과 이웃 사랑, 겸손하고 도덕적인 삶의 길을 강조한다. 두 작품 모두 '인간으로서 어떻게 살아야 하는가?'라는 사유에서 출발해 삶의 자세, 윤리, 지향해야 할 가치와 도덕적 실천의 중요성을 강조한다. 읽는 이로 하여금 자기 자신과 삶을 돌아보게 하고, 군자다운 성숙한 인간상에 대해 성찰할 수 있도록 이끌어준다는 점도 유사하다.

 주로 문답 형식으로 공자와 제자들이 나눈 대화, 즉 동양적 사유와 유가적 이상을 바탕으로 한 군자의 도와 인격 수양, 인간다운 공동체의 윤리를 중심에 둔 《논어》와 달리 《인생론》은 서양 기독교 사상과 실존적 고뇌를 바탕으로 개인 내면의 구원, 절제, 사랑, 자기 이탈 등 근본적인 인간의 조건과 성장에 집중하고 있다. 두 작품을 함께 읽으면 동서양 사상의 차이, 인간성의 본질, 그리고 이상적 삶에 대한 다양한 측면을 폭넓게 사유할 수 있다.

한 걸음 더, 탐구 주제

◈ **사회 연계 – 인간관계와 덕**

어떤 친구를, 어떻게 사귀는 것이 바람직할까?

◈ **과학 연계 – 배움과 질문**

배움을 하나의 현상이라고 보았을 때, 질문의 이점은 무엇일까?

◈ **수학 연계 – 논리적 사고와 올바른 판단**

문제 풀이에서 나온 실수를 그 즉시 바로잡아야 하는 이유는 무엇일까?

◈ **철학 연계 – 삶의 목표와 자아 성찰**

목표나 꿈을 이룰 때 스스로를 점검하고 성찰하는 것이 왜 중요할까?

맹자, 맹자

맹자는 중국의 옛 사상가로, 공자의 사상을 더 발전시켰다. 그는 '사람은 태어날 때부터 착한 본성을 가지고 태어난다'는 '성선설'을 주장했다. 사람에게는 불쌍히 여기는 마음(측은지심), 부끄러워하는 마음(수오지심), 겸손하고 사양하는 마음(사양지심), 옳고 그름을 아는 마음(시비지심)이 있다고 말했다. 이 네 가지 마음은 착한 본성에서 싹트는 '사단(四端)'이라고 불린다. 맹자는 이 사단을 잘 키우면 어진 마음(인), 의로운 마음(의), 예의 바른 마음(예), 지혜로운 마음(지)이 된다고 했다. 그래서 맹자는 모든 사람이 착해질 가능성을 가지고 있다고 믿었다. 정치에서도 중요한 주장을 펼쳤는데, 힘으로 다스리는 '패도정치'가 아니라 백성들을 사랑하고 덕으로 다스리는 '왕도정치'를 해야 한다고 강조했다. 왕이 백성을 사랑하고 존중하는 정치를 해야만 백성들이 행복하게 살 수 있다는 것이다. 왕이 폭정을 일삼아 백성들을 괴롭힌다면 백성들이 그런 왕을 몰아낼 권리가 있다는 얘기다. 이 '역성혁명론'은 백성을 가장 중요하게 여긴 사상이다. 쉽게 말해, 하늘의 뜻은 백성의 뜻이고, 백성이 행복하지 않으면 왕은 하늘의 뜻을 잃은 거나 다름없다는 뜻이다.

맹자는 '대장부'가 되는 길도 제시했다. 세상이 알아주든 말든 자신의 옳은 뜻을 굽히지 않고 굳건히 지키는 사람이야말로 진정한 대장부라고 했다. 불의에 굴하지 않고, 지조와 용기로 세상의 옳음을 실천하는 사람을 진정한 영웅으로 보았다. 맹자의 가르침은 오늘날에도 인간의 존엄성과 지도자의 도리를 생각하게 한다. 백성을 먼저 생각하고, 올바른 마음으로 세상을 다스려야 한다는 그의 철학은 시대를 초월하는 가치를 지니고 있다. 스스로의 착한 본성을 믿고 발전시키는 것이 얼마나 중요한지 깨닫게 해주는 것이다. 개인이 착한 본성을 잘 기르고, 지도자는 백성을 위하는 정치를 해야 한다는 것이 맹자 사상의 핵심이다. 우리는 맹자의 《맹자》를 통해 정의롭고 인간다운 사회가 무엇인지 고민해볼 수 있다.

◉ Q&A로 알아보는 《맹자》

Q 맹자가 말하는 인간의 본성과 그것에 기초한 도덕관은 무엇인가?

A 맹자는 사람의 본성이 선하다고 주장했다. 사람은 누구나 남을 불쌍히 여기고, 잘못을 부끄러워하며, 겸손하게 사양할 줄 안다고 말했다. 이런 마음이 자라서 인, 의, 예, 지라는 네 가지

덕목으로 발전한다고 보았다. 더불어 환경과 교육이 덕을 펼치는 데 중요한 역할을 한다고 강조했다. 선한 본성을 잘 키우면 누구나 도덕적 인간이 될 수 있다는 것이다. 이는 인간에 대한 긍정적 믿음과 자기 수양을 중시하는 사상으로 이어진다.

ⓠ 《맹자》가 지닌 문학적 특징과 후대 사회에 미친 영향은 무엇인가?

ⓐ 맹자의 글은 논리적이면서도 생동감 있는 대화체로 전개된다. 비유와 우화, 실제 사례를 동원해 주장에 설득력을 더한다. 그의 뛰어난 논변과 명확한 주장 방식은 후대 학문과 글쓰기에 매우 좋은 본보기가 되었다. 맹자의 '인'의 사상은 유교 문화권 전반에 깊이 스며들어 도덕 교육의 근간이 되어주었다. 사회 정의, 인간 존중, 공동체 윤리를 강조한 그의 가르침은 동아시아 문화와 가치관에도 큰 영향을 주었다. 그렇게 그는 도덕과 철학, 교육의 토대를 만들며 오래도록 존경받는 사상가가 되었다.

《맹자》 × 《사회계약론》

"인간은 태어날 때부터 선하다."

장 자크 루소의 《사회계약론》은 사람들이 어떻게 함께 모여 사회를 이루는지에 대해 설명한 책이다. 루소는 '인간은 자유롭고 평등하게 태어난다'고 말하면서도 '사회가 구성되면서 규칙과 법이 생기고, 그에 따라 점점 자유를 잃게 된다'고 주장했다. 그래서 루소는 모두가 동의하는 '사회계약'을 맺고 더불어 사는 것이 중요하다고 강조했다. 사회계약은 사람들이 서로 약속하고, 공동의 이익을 위해 힘을 합치는 것이다. 이런 사회에서는 모든 사람이 법 앞에 공정하고 또 평등해야 한다. 루소는 모두가 참여해서 만드는 법이 진짜 자유를 보장할 수 있을 거라고 말했다. 다시 말해 국민 전체의 뜻인 '일반의지'를 가장 중요하게 여긴 것이다. 일반의지는 모두를 위한 결정이기 때문에, 개인적인 이익보다는 공동체의 이익에 중점을 둔다. 이렇게 하면 모두가 진정한 평등과 자유를 누릴 수 있다고 루소는 믿었다.

"나는 삶도 원하고 의도 원한다. 두 가지를 모두 얻지 못한다면 나는 의를 택하겠다."

스토아 철학은 '덕'을 삶의 가장 핵심적이고 절대적인 가치로 여긴다. 이 철학에서는 재산이나 명예, 인기와 같은 외부적 요소들은 불안정하고 변화하기 쉽다고 말하며, 그런즉 이러한 것들이 참된 행복을 보장해주지 않는다고 말한다. 덕은 이성에 따라 올바르게 판단하고, 용기 있게 행동하며, 자신의 욕망을 절제하고, 타인에게 공정하게 대하는 도덕적 탁월성을 뜻한다. 스토아학파는 인간이 통제할 수 없는 외부 환경에 집착하지 말고 오직 자신의 내면인 '덕'에 집중해야 한다고 가르친다. 덕에 따라 행동하는 삶만이 진정한 자유와 평온을 이룰 수 있다는 것이다. 감정이나 욕망에 휩쓸리지 않고, 이성적 판단을 바탕으로 덕을 실천함으로써 고통을 극복할 수 있다. 예를 들어, 시험 성적이 나쁘거나 무언가에 실패한 상황에서도 덕을 지키며 자신의 의무를 다한다면 내면의 평화와 자족을 얻을 수 있다는 것이다. 스토아 철학에서는 덕이 모든 선의 기준이 되며, 다른 가치들 위에 군림한다. 이러한 덕의 우위는 인간의 삶을 철학적으로 깊이 통찰하고, 어떠한 환경에서도 흔들리지 않는 참된 삶의 근거를 제공한다. 결국, 덕이 있는 삶이야말로 인간이 추구해야 할 궁극적 목표라고 스토아 학파는 믿는다.

《맹자》 × 《요한 고틀리프 피히테》

"교육은 선한 본성을 찾고 기르는 과정이다."

피히테는 인간을 교육의 중심에 두는 교육관을 주장하며, 인간을 '본래 자유로운 존재'라 여겼다. 교육은 사람의 이성을 키우고, 자아를 발전시키도록 돕는 과정으로 보고 모든 인간은 각자의 개성과 능력을 존중받아야 마땅하다고 강조했다. 교사는 학생들을 억압하거나 통제하는 대신 스스로 생각하고 행동할 수 있도록 격려해야 하며, 학생들은 배우는 과정에서 자기 목표와 관심을 스스로 찾아야 한다는 것이다. 단순한 지식 전달이 아니라 도덕성과 자유의지를 기르는 데 교육의 초점을 두어야 한다고 말했다. 나아가 사회도 개인이 자기계발을 할 수 있도록 돕는 환경이어야 하며, 국가 역시 국민들에게 성장할 자유와 기회를 주는 책임이 있다고 여겼다. 교육을 통해 더 나은 개인이 나오고, 그런 개인이 모여 더 나은 사회가 만들어진다고 믿은 것이다. 이러한 인간중심의 교육관은 오늘날의 참여형 수업이나 맞춤형 교육과 매우 유사하다. 학생 개개인의 자율성과 창의성을 키우는 것을 중요하게 여겼으며, 결국 이러한 피히테의 교육관은 인간의 본질적 자유를 존중하고 스스로 삶을 설계할 수 있도록 도왔다. 단순히 지식 주입을 넘어, 학생들이 자신의 삶과 운명을 주체적으로 만들어 가는 철학적 교육 방향이라 할 수 있다.

⬢ 더 읽어보면 좋을 작품

《허생전》, 박지원

《허생전》은 조선 후기 서울을 배경으로 가난한 선비 허생이 이상적 사회 개혁을 실험하는 과정을 풍자적으로 그려낸 작품이다. 언제까지 글만 읽을 거냐며 아내에게 구박받던 허생은 과일과 말총 장사로 벼락부자가 된다. 이후 섬을 개발하고, 사회와 인간 심성의 문제를 깨닫지만 결국 다시 은둔의 길을 택한다. 맹자가 이상 사회와 민본, 성선설을 바탕으로 인의예지와 덕치의 실현을 강조했다면, 박지원은 당대 사회 모순을 비판하며 인간성과 사회 제도의 개혁 가능성을 묻고 있다. 두 작품 모두 인간 본성의 선함과 올바른 사회 질서, 그리고 지도자와 이상 정치의 필요성을 강조한다는 점이 닮았다.

맹자는 백성을 위한 정치와 도덕적 지도자(왕도정치)의 실현을 주장했고, 허생전에서도 허생이 사회 약자인 백성을 변화의 주체로 바라보았다. 두 작품은 제도의 근본적 개혁을 시도한다는 점에서 맥이 닿는다. 맹자가 유학적 덕과 도덕적 수양, 성선설에 입각한 교육, 정치의 길을 제시하는 반면, 허생전은 현실 풍자를 통해 이상과 현실의 괴리, 인간의 약점과 사회 개혁의 한계를 해학적으로 드러낸다. 두 작품을 함께 읽으면 올바른 사회와 국가, 인간 본성에 대한 동양적 사유를 날카롭게 성찰할 수 있을 것이다.

◇ **사회 연계 – 정의로운 사회와 올바른 지도자**

올바른 지도자가 갖춰야 할 덕목은 무엇일까?

◇ **과학 연계 – 경험과 학습의 중요성**

경험은 어떠한 작용에 의해 학습으로 발전할 수 있을까?

◇ **수학 연계 – 선택과 우선순위**

주어진 일들이 여럿 있다면 무엇을 기준으로 우선순위를

정해야 할까?

◇ **철학 연계 – 인간의 본성과 도덕성**

사람이 착한 행동을 하게 되는 근본적인 이유는 무엇일까?

순자, 순자

순자는 고대 중국의 유학자로 인간의 본성을 악하다고 보고 교육과 예절, 법과 제도를 통해 교화해야 한다고 주장했다. 인간은 태어날 때부터 이기적이고 욕심이 많아 올바른 삶을 살기 어렵기에 사회 질서를 유지하려면 강한 규범과 교육이 필요하다고 보았다. 그는 예와 법, 권위의 중요성을 강조하며 이를 통해 개인의 욕망을 제어하고 도덕적인 공동체를 만들 수 있다고 말했다. 인간의 본성은 학습과 수양을 통해서도 교정할 수 있으며, 실천과 노력 없이는 변화할 수 없다고 본 것이다. 또한 사람은 끊임없는 노력과 훈련을 통해 나아갈 수 있고, 청출어람처럼 제자가 스승보다 뛰어날 수 있다고 믿었다.

순자는 덕치뿐 아니라 법치의 필요성도 인정하여 엄격한 사회 규범과 제재를 강조했다. 그는 인간의 본성 문제를 현실적이고 체계적으로 분석하며, 도덕과 질서가 어우러진 안정된 사회를 이상으로 내세웠다. 인간의 악한 본성을 이해하지 못하면 적절한 교화가 어렵고 혼란만 초래한다고 본 것이다. 따라서 교육과 규칙을 통해 점진적으로 도덕적 성숙을 이루어야 하며, 자기 자신뿐 아니라 사회 전체가 함께 발전해야 한다. 결국 순자는 사회의 질서 유지와 도덕적 풍토 조성에 교육과 예, 법이 필수적임을 강조하며 인간 삶의 본질적 한계와 극복 방안을 깊이 탐구한 고전적 유학자라고 볼 수 있다.

⬡ Q&A로 알아보는 《순자》

Q 순자가 말한 인간 본성의 핵심은 무엇이며, 이것이 그의 교육과 정치 사상에 어떤 영향을 미쳤는가?

A 순자는 인간의 본성이 본래 악하다고 말했다. 사람은 처음부터 욕망과 이기심을 가지고 태어나며, 이 때문에 규율과 질서가 필요하다는 것이다. 따라서 교육과 예절, 법률이 인간에게는 필수적이며, 이를 통해 인간의 본성을 교정하고 도덕성을 키워야 한다고 주장했다. 이 사상은 엄격한 법과 제도를 중시하는 법가 사상의 기초가 되었다. 순자는 교육과 예가 도덕 및 사회질서 유지에 핵심임을 강조했다. 즉, 인간의 본성은 변하지 않지만 관리할 수 있고 바람직한 방향으로 유도할 수 있다고 믿었다. 그의 생각은 혼란스러운 당시 사회를 통치하는 데 실질적 방안을 제시했다. 그의 법과 예론이 실용적이고 체계적인 사회질서 확립에 기여한 것이다.

Q 《순자》가 지닌 철학적, 문학적 특징은 무엇이며 후대의 사상에 어떤 영향을 끼쳤는가?

A 순자의 글은 논리적이고 명확하며, 실용주의적 성격이 강하다. 그는 구체적인 사례와 설득력 있는 논증을 통해 자신의 주장을 체계적으로 풀어냈다. 문체는 다소 엄격하고 무겁지만 오히려 사상 전달에 효과적이었다. 순자의 이론은 한나라 법가와 유교 사상의 융합에 큰 영향을 끼쳤다. 근대에 이르러서는 인간 본성에 대한 비관적 현실주의와 교육론에 큰 영감을 주었다. 이는 오늘날의 사회질서와 도덕 교육, 법철학 논의에서 중요한 참고점으로 평가되는 까닭이기도 하다.

🪷 고전, 다양한 주제와 만나다

《순자》 × 《토마스 홉스》

"사람의 본성은 악하다. 선함은 인위적인 것이다."

토마스 홉스는 '만인에 대한 만인의 투쟁'을 통해 자연 상태의 인간 사회를 설명한다. 그는 인간은 본래 자기 이익을 위해 행동하는 존재라고 생각했다. 자연 상태에서는 법이나 규칙, 정부가 없기 때문에 사람들은 자신을 보호하고 원하는 것을 얻기 위해 서로 싸운다고 보았다. 홉스는 이런 상황에서는 각자가 자신의 생명과 재산을 지키기 위해 타인을 의심하고, 끊임없이 경쟁하고, 서로 다투게 된다고 주장했다. 이러한 주장은 결국 모두가 모두의 적이 되는 '만인에 대한 만인의 투쟁'을 낳게 된다. 이처럼 불안한 자연 상태는 두려움과 위험이 가득해, 안전하게 살아가기가 힘들다. 홉스는 이런 상태에서 벗어나기 위해 사람들은 서로 계약을 맺어 공동의 규칙을 만들고, 강력한 지도자에게 권력을 맡기자고 제안한다. 이것이 바로 사회계약이고, 시민들은 자신들의 자유를 일부 포기하는 대신 평화와 질서를 얻게 된다고 보았다. 강력한 국가와 법이 있어야만 사람들이 서로 싸우지 않고 안전하게 살 수 있다는 것이다. 결국, '만인에 대한 만인의 투쟁'은 홉스가 인간 사회의 혼란과 정부의 필요성을 강조하기 위해 사용한 개념이라고 볼 수 있다.

《순자》 × 《스피노자의 자연》

"하늘은 하늘의 일을 하고, 인간은 인간의 일을 한다."

스피노자는 자연을 신과 동일시했다. 그는 신이 자연 전체에 퍼져 있고, 자연의 모든 것이 신의 일부라고 여겼기에 자연은 특별한 목적이나 뜻에 따라 움직이지 않는다고 보았다. 나아가 인간도 자연의 일부이기에, 자연의 법칙에서 벗어날 수 없다고 말했다. 스피노자는 자연을 기계처럼 '원인'과 '결과'로 이루어진 하나의 거대한 체계로 보았다. 모든 것은 자연의 필연적인 법칙에 따라 일어난다고 말하며, 그런 만큼 기적이나 우연은 없고 우리가 잘 모르는 원인이 있을 뿐이라고 여겼다. 이러한 관점에서는 인간의 감정이나 행동도 자연의 법칙에 따라 발생한다. 그래서 스피노자는 인간이 자연을 올바로 이해하면 스스로를 더 잘 이해할 수 있다고 생각했다. 인간의 자유가 자연의 질서 안에서 이루어진다는 것이다. 스피노자는 인간을 위해 자연이 존재하는 것이 아니라 그 자체로 완전하고 독립적인 존재라고 말했다. 인간이 자연을 정복하는 대신 자연의 원리를 이해하고 받아들이는 태도가 필요하다고 강조했다. 스피노자의 자연 이해는 오늘날의 과학적 세계관과도 비슷하다. 그는 자연은 신비로운 것이 아니라 이성으로 탐구할 수 있고, 일관된 법칙이 있다고 말했다. 자연을 존중하고 이해하려는 태도가 중요하다고 믿은 것이다.

《순자》 × 《인간 불평등 기원론》

"인간 사이의 불평등의 기원은 무엇이며, 그것은 자연법에 의해 허용되는가?"

장 자크 루소는 인간에게 두 종류의 불평등이 있다고 보았다. 하나는 자연에 의해 확립되는 나이, 건강, 체력, 정신 등의 신체적 불평등이고 또 다른 하나는 일종의 합의에 의해 확립되는 도덕, 정치적 불평등이다. 순자의 말에 따른다면 신체적 불평등은 어쩌지 못하는 것이 될 테고, 정치적 불평등은 노력과 화합으로 얼마든 바꿀 수 있는 것이 된다. 여기서 루소는 자연 상태의 인간은 '자기애'와 '연민'이라는 두 가지 기본적인 감정에 의해 행동한다고 말한다. 자기애는 자신의 안정과 평온을 추구하는 자연스러운 본능이고, 연민은 말 그대로 타인의 고통이나 불행 앞에서 공감하는 감정이다. 자연 상태의 인간은 이러한 감정 때문에 타인을 해치지 않고, 자신의 생존을 위해 필요한 것들만 취하며 살아갈 수 있다. 인간은 불평등하다. 사회 시스템 안에 속한 이상 평등하려야 평등할 수가 없다. '세 사람만 있어도 작은 사회 하나가 건설된다'라는 말이 있다. 불평등한 조건과 규율을 올바른 교육과 의로운 정책으로 얼마든 고쳐 나갈 수 있다. 사유재산이 얼마든, 신분이 어떻든 개개인이 도덕적 성취를 이루어 나간다면 보다 나은 사회로의 도약을 꿈꿀 수 있을 것이다.

◉ 더 읽어보면 좋을 작품

《금오신화》, 김시습

《금오신화》는 조선 초기의 시인, 사상가인 김시습이 지은 한국 최초의 한문 소설집으로 인간의 욕망과 도덕, 운명과 현실에 관한 판타지적이고 철학적인 이야기를 담고 있다. 작품 속 각 단편에서는 신비로운 기이담과 더불어 인간 본성의 연약함, 현실 사회의 도덕적 혼란, 욕망과 윤리의 갈등이 생생하게 그려진다. 주인공들은 초월적 존재나 이세계적 상황을 경험하며, 세속적 욕망과 도덕 사이의 갈등, 결국 인간 존재의 한계와 구원을 깊이 있게 성찰한다. 《순자》와 《금오신화》 모두 인간 본성과 도덕, 사회 규범의 문제를 핵심 주제로 삼고 있다는 점에서 닮았다. 순자는 인간의 본성이 악하다고 보고 교육과 예, 제도 등 외적 노력을 통해 이를 교정해야 한다고 강조하며 김시습 역시 욕망과 현실, 인간의 본질적 한계로부터 비롯되는 문제들을 소설적 환상과 도덕적 반전을 통해 구현한다. 두 작품 모두 인간이 쉽게 욕망이나 악에 빠질 수 있음을 전제하면서도, 노력을 통해 선한 삶 혹은 도덕적 개선의 가능성을 열어놓고 있다.

차이점도 물론 있다. 순자가 인간성과 도덕, 제도의 의미를 논리적이고 체계적으로 서술했다면, 김시습은 소설적 상상력과 환상, 상징을 활용해 인간 본성의 문제와 사회적 도덕의 혼란, 그리고 구원의 가능성을 이야기한다. 정밀한 논변과 교훈이 중심인 순자와 달리, 김시습은 이야기 속 상징과 풍자를 통해 인간과 사회에 대한 성찰을 독자에게 간접적으로 전달한다. 이처럼 두 작품을 함께 읽으면 인간 본성과 도덕적 삶에 대한 동양고전의 논리적 접근과 더불어 문학적 상상력이 혼재된 폭넓은 사유를 경험할 수 있다.

한 걸음 더, 탐구 주제

◇ **사회 연계 – 예절과 질서의 중요성**
우리 사회에 질서와 규칙이 무너지면 어떤 일들이 발생할까?

◇ **과학 연계 – 인간의 환경과 본성**
사람의 본성이 환경에 따라 바뀔 수도 있을까?

◇ **수학 연계 – 비교와 균형**
어떠한 물체나 현상 따위를 비교할 때 숫자를 활용하면 더 편리할까?

◇ **철학 연계 – 인간의 본질적 한계**
인간의 내외부적 한계를 극복하는 방법에는 어떤 것들이 있을까?

장자, 장자

　장자는 자유롭고 멋진 생각을 펼친 독특한 철학자다. 그는 복잡한 세상의 규칙이나 답답한 생각에서 벗어나 진정한 자유를 얻는 방법을 이야기한다. 장자 사상의 핵심은 바로 '무위자연'이다. 이는 인위적인 노력 없이 자연의 흐름에 몸을 맡기는 것이다. 세상 모든 것은 자연스럽게 흘러가기에 억지로 뭔가를 하려 하지 않는 것이 중요하다고 말한다. 사람은 태어날 때부터 꾸밈없는 순수한 본성을 지니며, 이 순수함을 잃지 말아야 한다는 것이 장자의 가르침이다. 장자는 때로는 '쓸모없어 보이는 것'에 진정한 가치가 숨어 있다고 말한다. 울퉁불퉁해서 쓸모없어 보이는 큰 나무가 오히려 베이지 않고 오래 사는 것처럼 말이다. 또한 그는 세상의 모든 가치와 기준을 '상대적'인 것으로 보았다. 내가 크다고 생각하는 것이 다른 관점에서는 아주 작을 수 있고, 아름답다고 여기는 것이 대상에 따라 다르게 보일 수도 있기 때문이다.

　그 유명한 '호접지몽(胡蝶之夢)', 나비 꿈 이야기가 이 상대성을 잘 보여준다. 장자가 꿈에 나비가 되어 훨훨 날아다니다 깨어난다. 그는 자신이 나비가 된 꿈을 꾼 것인지, 나비가 장자가 된 꿈을 꾸는 것인지 알 수 없다고 말한다. 이는 우리가 아는 세상의 구별이 얼마나 무의미한지 보여주는 대목이다. 장자는 사람들이 지식이나 명예, 재산 같은 세속적인 것들에 지나치게 얽매여 산다고 비판한다. 이런 것들에서 벗어나 마음을 비우는 게 중요하다고 강조한다. 아무것도 생각하지 않고, 욕심이나 감정에 묶이지 않을 때 비로소 진정한 자유를 얻는다고 여기는 것이다. 마치 순수하고 꾸밈없는 마음으로 세상을 대하는 어린아이처럼 말이다. 장자의 가르침은 복잡한 머릿속을 맑게 하고, 세상을 좀 더 넓고 유쾌한 시선으로 보게끔 돕는다. 세상의 굴레에서 벗어나 진정한 자유와 내면의 평화를 찾는 법을 일깨워주는 것이다.

◈ Q&A로 알아보는 《장자》

Q 장자가 말하는 새로운 삶과 그 실천 방법은 무엇인가?

A 장자는 세상 규범이나 명예에 얽매이지 않고, 마음의 자유를 찾아가는 삶을 중요하게 여겼다. 남들과 비교하지 않고 자신의 본성에 따라 사는 것을 이상으로 추구한다. 세상 일에 너무 얽매이면 진정한 기쁨과 평온을 잃게 된다고 보았다. 장자는 현실의 기준이나 이익보다는 내면의 자유와 평정을 강조했다. 이를 실천하기 위해서는 먼저 집착이나 고정관념을 내려놓고,

세상의 변화를 자연스럽게 받아들여야 한다. 이러한 태도는 세상을 보다 넓은 시각으로 볼 수 있게 해주며, 마음에 깃든 여러 부담감을 덜어준다.

Q 장자가 강조하는 상대주의와 변화의 의미는 무엇인가?

A 장자는 모든 것은 상대적으로 존재하며, '절대적인 옳음'과 '절대적인 그름'은 없다고 말한다. 사람의 생각, 가치, 기준도 시대와 환경에 따라 다르게 나타난다고 본 것이다. 고정된 진리나 한 가지 사고에 머무르지 않고, 변화에 유연해지는 것이 중요하다. 특히 장자는 세상 모든 것이 변하므로, 그 변화에 맞춰 자신도 흐름을 받아들이라고 말한다. 이러한 관점은 편견 없이 모든 현상을 대하는 포용력을 길러준다. 상대주의와 변화의 인식은 평등, 포용, 열린 사고의 기반이 된다.

고전, 다양한 주제와 만나다

《장자》 × 《포스트모더니즘》

"장자가 꿈에 나비가 된 적이 있었다. 자신의 몸이 장자인지 나비인지 알 수 없었다."

포스트모더니즘은 모든 진리를 '상대적인 것'으로 여긴다. 이 철학에서는 진리나 가치, 규범이 한 가지로 정해질 수 없다고 본다. 사람마다 상황과 문화, 시대가 다르기 때문에 정답이 하나라는 생각 자체를 거부한다. 포스트모더니즘은 여러 가지 의견과 시각이 모두 중요하다고 주장한다. 어떤 생각이 옳고 어떤 생각이 그른지 단정하지 말고, 다양한 의견이 공존할 수 있음을 인정하라고 한다. 이러한 태도를 '상대주의'라고 부른다. 상대주의에서는 한 문화의 기준이나 가치가 다른 문화에도 똑같이 적용된다고 생각하지 않는다. 예컨대 서양의 기준이나 잣대로 동양의 문화를 평가하는 것은 올바르지 않다고 보는 것이다. 각각의 삶과 사회에는 저마다의 기준이 있다고 믿는다. 또한 포스트모더니즘은 큰 이론이나 체계가 모든 현상을 설명할 수 없다고 본다. 각각의 개인적 이야기, 경험, 작은 목소리들이 모두 의미가 있다고 생각한다. 그래서 예술이나 문학에서도 하나의 스타일이나 해석만을 강조하지 않는다. 포스트모더니즘의 상대주의는 다양성, 다원성을 존중하는 태도를 길러준다. 그 덕분에 사람들은 더 열린 마음으로 다른 이의 관점을 받아들일 수 있게 된다. 하지만 때로는 객관적인 기준이 없어서 혼란을 줄 수도 있다.

"도를 따르는 삶은 인위적인 것이 아니라 스스로 그러함에 맡기는 것이다."

스피노자는 범신론을 주장한 철학자다. 그는 신과 자연을 동일한 것으로 보았다. 신이 세상 밖 어딘가에 따로 존재하는 것이 아니라, 이 세계와 자연 자체를 신으로 여긴 것이다. 더불어 모든 존재와 사물을 신의 일부로 간주한다. 스피노자는 우주에 있는 모든 것을 신이 펼친 하나의 실체에서 비롯된 것으로 보았다. 그래서 인간도, 동물도, 식물도 모두 신의 표현이자 일부라고 한다. 신은 자연의 법칙과 질서 속에 드러나며, 특별한 기적이나 이적이 아니라 자연 자체가 신의 모습이라고 말했다. 이러한 생각 때문에 그는 신이 세상을 만든 뒤 멀리 떨어져 있는 것이 아니라 늘 자연 속에 함께 있다고 주장했다. 신과 자연, 인간 사이에는 분리가 없으며 모든 것이 하나로 연결되어 있다는 것이다. 인간의 마음과 몸, 자연의 모든 현상도 신의 본성에서 나오는 것이라 여겼다. 그래서 스피노자의 범신론에서는 자연을 경외하고 이해하려는 태도가 무엇보다 중요하다. 스피노자의 철학은 인간이 자연의 일부임을 자각하고, 자연을 소중히 여겨야 진정한 평화와 자유를 얻을 수 있다고 믿었다 세상 만물이 본질적으로 하나이며, 모든 존재가 신성하다는 것이 범신론의 큰 골자다.

《장자》 × 《헤라클레이토스》

"어떤 것이든 변화하지 않으면 죽게 된다."

헤라클레이토스는 만물유전(萬物流轉), 즉 모든 것이 끊임없이 변한다고 주장했다. "같은 강물에 두 번 들어갈 수 없다"라는 말로 유명한데, 강물은 항상 흐르기 때문에 똑같은 순간의 강은 없다는 의미다. 헤라클레이토스는 이처럼 세상의 모든 것들은 고정되어 있지 않고 항상 변화하고 있다고 보았으며, 변화가 자연의 본질이라고 말했다. 정해진 모습이나 절대적인 것은 없으며, 모든 것이 서로 다투고 바뀌는 과정을 통해 존재한다고 생각한 것이다. 그는 또한 이러한 변화를 '로고스'라는 질서 있는 이성이 이끌어간다고 설명했다. 만물유전 사상에 따르면, 타오르는 불도 계속 형태와 모습을 바꾸는 것처럼 우리의 일상과 자연 역시 변화무쌍하다. 헤라클레이토스는 생명, 자연, 인간의 삶 모두 영원히 같은 상태로 머물지 않는다고 했다. 이러한 생각은 우리에게 현재의 모습에 집착하지 말고, 변화와 흐름을 인정하고 받아들이는 태도가 필요하다고 말해준다. 상황이 바뀌고 힘든 일이 생겨도, 모든 것은 결국 변한다는 점을 이해하면 더 지혜롭게 살아갈 수 있다는 것이다. 헤라클레이토스의 만물유전은 세상의 끊임없는 변화를 인식하게 하고, 유연한 사고와 적응력의 중요성을 일깨워준다.

⬡ 더 읽어보면 좋을 작품

《그리스인 조르바》, 니코스 카잔차키스

　《그리스인 조르바》는 현실에 안주하지 않고 자유롭게 자신의 삶을 살아가는 조르바와 삶의 의미를 지적인 방식으로 탐구하는 화자를 중심으로 이야기가 펼쳐진다. 조르바는 본능적이고 즉흥적이며 자유를 추구하고, 화자는 조르바와의 만남을 통해 이념과 이상, 삶의 본질에 대한 통찰을 얻게 된다. 작품은 자유로운 영혼의 삶, 존재의 의미, 그리고 세속적 고민에서 벗어나 삶을 긍정적으로 사유하는 내용을 담고 있다. 두 작품은 모두 기존의 사회 질서나 도덕, 형식에 얽매이지 않고 삶의 본질과 자유에 대한 깊은 질문을 던진다. 장자는 우화와 기이담, 자유로운 상상을 통해 번뇌와 억압에서 벗어나 자연의 도와 '소요유'(어디에도 얽매이지 않고 자유롭게 노니는 경지)를 강조하며, 세상과 자신을 허물없이 바라보는 태도를 보여준다. 기존 가치관이나 체계적 이념에서 벗어나 오직 삶 자체에 몰두하고 자유로운 태도로 자기 운명을 개척한다는 점에서 두 작품은 닮았다.

　장자가 초월적이고 탈속적인 세계관, 자연과 인간의 일체감, 존재의 상대성과 무위자연을 중심으로 사유를 전개하는 데 비해 카잔차키스는 서양적 현실 인식과 인간 존재, 자유의 실천, 그리고 인생의 모험적 실천을 좀 더 강조한다. 두 작품을 함께 읽는다면 동서양의 가치와 인간의 본질, 자유와 존재 의미에 대한 다양한 시각을 깊이 성찰할 수 있다.

한 걸음 더, 탐구 주제

◈ **사회 연계 – 고정관념에서 벗어난 삶**
'남들이 정해준 길'을 가지 않으려면 어떻게 해야 할까?

◈ **과학 연계 – 상대성의 시각**
나만의 세상에서 벗어나 넓은 세상을 경험하는 방법에는 어떤 것들이 있을까?

◈ **수학 연계 – 끝과 무한의 개념**
수학에서의 '무한'이라는 개념이 삶에도 적용될 수 있을까?

◈ **철학 연계 – 꿈과 현실의 경계**
내가 진짜라고 생각했던 것들이 허구일 수도 있을까?

도덕경, 노자

《도덕경》은 노자가 저술한 대표적인 동양 철학서로 도와 덕, 자연의 근본 원리와 그에 맞는 삶의 방식을 강조한다. 도는 만물의 근원이며 이름 붙일 수 없는 무한한 존재로서 모든 것이 '도'에서 나와 '도'로 돌아간다고 설명한다. 인간이 욕망과 집착을 버리고 무위자연의 상태, 즉 억지로 무언가를 이루려 하지 않고, 자연스럽고 겸손하게 살아가는 것이 도에 가장 가까운 삶임을 역설하는 것이다. 물처럼 낮은 곳을 마다하지 않고 만물을 이롭게 하면서도 다투지 않는 태도를 최고의 선으로 비유한다. 더불어 부족하다고 여길수록 더 얻고, 가득 차 있다고 느끼면 오히려 잃게 된다고 경고한다. 남을 이기려 하지 말고 스스로 낮추고 물러서며, 말과 행동에서 겉치레를 피하라고 가르친다. 권력을 지닌 자일수록 자신을 드러내지 않고 백성을 위하는 마음을 지녀야 하며, 덕은 드러내지 않는 가운데 저절로 이루어진다고 본다. 겸손, 절제, 비움, 인내와 포용 등 모든 올바른 덕목은 '도'를 따르는 과정에서 자연스럽게 갖추어진다고 말한다.

노자는 '억지'가 결국 해를 부르고, 조용히 스스로를 지킬 때 만

사에 화평이 깃든다고 주장한다. 삶의 자리에서 각자의 본성에 따라 조화와 균형을 추구할 것, 본질이 아닌 형식을 좇거나 지나치게 집착하지 않을 것, 눈에 보이는 이익이나 명예가 아닌 내면의 안정과 평화를 귀하게 여길 것을 일관되게 강조한다. 《도덕경》은 만물과 인간이 조화롭게 살아가는 길, 세상을 이롭게 하는 진정한 리더십, 자연과 인간 삶의 근본적 진리를 담은 고전으로 오래도록 사랑받고 있다.

◈ Q&A로 알아보는 《도덕경》

Q 노자가 말한 '도(道)'란 무엇이며, 그것이 우리의 삶에 어떤 의미를 갖는가?

A 도는 모든 만물과 변화의 근원으로, 형태나 이름으로 다 설명할 수 없는 깊은 원리를 뜻한다. 노자는 도가 자연 그대로의 흐름임을 강조하며 억지로 무엇을 하려 하지 않고 그저 스스로 있음으로써 모든 것을 이루게 한다고 말한다. 우리도 도처럼 자연의 질서에 순응하며 살아가는 것이 바람직하다고 본다. 이런 삶의 태도는 욕심과 집착을 버리고, 단순하게 살아가는 힘을 준다. 결국 도는 모든 존재와 행위의 바탕이자 내면의 평화를 찾는 길잡이다.

Q 노자가 말하는 '무위(無爲)'의 뜻과 이를 통해 현대인이 배워야 할 점은 무엇인가?

A 무위는 아무것도 하지 않는 것이 아니라 할 일을 하되, 억지로 하지 않음을 뜻한다. 노자는 지나친 개입이나 꾸밈을 경계하면, 힘을 쓰지 않아도 저절로 일이 이뤄진다고 한다. 이는 과도한 욕망이나 경쟁보다 조화와 여유가 더 중요하다는 것을 시사한다. 현대사회처럼 바쁘고 경쟁이 심한 시대일수록 무위의 지혜가 더욱 강조된다. 자연의 이치에 맞춰 순리대로 살아갈 때 오히려 좋은 결과를 얻는다는 것이다. 무위의 태도는 복잡한 세상에서 균형과 평온을 추구하는 데 큰 도움을 준다.

고전, 다양한 주제와 만나다

《도덕경》 × 《생태철학》

"최고의 선은 물과 같다."

현대의 생태철학은 인간과 자연의 관계를 새롭게 고민하고 구상한다. 이 철학은 인간을 자연의 주인으로 보지 않고 일부로 여기며, 그래서 자연은 '정복할 대상'이 아니라고 말한다. 더불어 살아가야 할 존재로 여기는 것이다. 생태철학은 자연을 소중히 여기고, 생명 있는 모든 존재가 존중받아야 마땅하다고 말한다. 인간의 편리와 발전만을 추구하는 태도가 결국 환경 파괴와 지구의 위기를 불러온다고 본다. 현대 생태철학자들은 인간 중심적인 사고방식을 비판한다. 사람뿐 아니라 동물, 식물, 미생물까지도 모두지구 생태계의 소중한 구성원이라고 생각한다. 나아가 각자의 역할과 가치를 인정해야 건강한 환경이 유지된다고 주장한다. 이 철학에서는 지속 가능한 삶을 중요하게 여기며, 자연의 순환과 조화를 해치지 않는 것을 최고의 미덕으로 삼는다. 쓰레기를 줄이고, 에너지를 절약하며, 생태계 보호에 힘쓰기를 주장하는 까닭이다. 또한 생태철학은 미래 세대와 다른 생명체를 위해 책임 있는 태도를 가져야 한다고 말한다. 인간의 욕심을 줄이고, 자연과 더불어살아갈 방법을 고민해야 한다고 보는 것이다. 현대 생태철학은 환경 문제, 기후변화 같은 문제 해결에도 큰 영향을 준다. 녹색 성장이나 친환경 정책, 환경 교육 같은 움직임에 근간이 되는 것이 바로 생태철학이다.

《도덕경》 × 《자크 데리다의 해체주의》

"아는 이는 말하지 않고, 말하는 이는 알지 못한다."

자크 데리다는 해체주의라는 독특한 철학 사상을 제시한 프랑스의 철학자다. 그는 기존의 서양 철학이 이분법적 사고, 즉 중심이나 본질을 중시하는 경향이 있다고 보았다. 예컨대 진리와 거짓, 말과 글, 중심과 주변처럼 둘로 나누는 사고방식을 비판한 것이다. 데리다는 언어와 의미도 고정되어 있지 않다고 말했다. 글이나 말의 의미도 언제나 바뀔 수 있으며, 결코 하나로 정해질 수 없다고 주장했다. 이는 모든 텍스트에는 모순과 빈틈, 여러 해석이 숨어 있다는 의미다. 해체주의에서는 중심이나 본질 따위를 해체하고, 주변에 있는 것, 소외된 것, 억눌린 목소리에 주목한다. 이 과정에서 기존의 권위와 질서를 의심하며 새로운 관점에서 텍스트를 읽어내려 한다. 데리다의 해체주의는 단순히 파괴하는 것이 아니라 여러 가능성과 해석을 열어두는 일종의 '태도'다. 이러한 사상은 문학, 예술, 건축, 사회과학 등 다양한 분야에 영향을 끼쳤다. 해체주의를 통해 우리는 기존의 규칙과 질서, 고정된 생각에 질문을 던지고 넓고 다양한 시각을 가질 수 있게 된다. 결국 데리다는 해체주의를 통해 절대적인 진리와 중심 따위는 없음을, 의미와 해석이 항상 열려 있음을 강조했다.

《도덕경》 × 《니체의 상대주의》

"모두가 아름답다 하면 그 자체로 추함이 있다. 모두가 선하다 하면 그 자체로 좋지 않음이 있다."

니체는 가치 상대주의를 주장한 대표적인 철학자다. 그는 '절대적인 진리나 도덕적 가치'를 부정했다. 모든 가치는 시대와 사회, 그리고 개인에 따라 달라질 수 있다는 것이다. 니체는 모든 사람에게 적용되는 '한 가지'의 도덕 법칙은 없다고 주장했다. 각각의 인간은 저마다의 필요와 욕망, 살아가는 방식이 다르기 때문이다. 그는 보편적이고 절대적인 도덕 기준은 오히려 개인의 자유와 생명의 발전을 억누를 수 있다고 말하며, 기존의 전통적 가치나 도덕을 무조건 따르지 말고 스스로 새로운 가치를 창조해야 한다고 강조했다. 이런 태도는 기존의 권위나 전통에 의존하지 않고, 각자가 자기만의 삶의 목적과 의미를 찾으려는 자세로 이어진다. 나아가 니체는 언어와 의미도 한 가지로 고정되어 있지 않다고 여겼다. 모든 생각과 해석은 다양한 관점에서 새롭게 나타날 수 있다고 믿었으며, 이런 생각을 '퍼스펙티비즘', 즉 '원근법주의'라 한다. 그는 객관적 진리를 부정하고, 진리는 항상 인간의 시각이나 상황에 따라 달라진다고 말했다. 이렇게 니체의 가치 상대주의는 현대 사회의 다양성과 다원성을 이해하는 데 많은 도움이 된다. 서로 다른 가치와 관점이 공존할 수 있음을 인정하자는 것이다. 다만, 니체의 사상은 절대적 기준의 부재로 인해 혼란을 줄 수 있다는 비판도 받는다.

《싯다르타》, 헤르만 헤세

《싯다르타》는 인도의 고대 사회를 배경으로, 주인공 싯다르타가 세속적 욕망과 쾌락, 고행 등 삶의 다양한 단계를 거치며 참된 '나'와 진리를 찾아가는 여정을 그린다. 그는 지식과 금욕, 사랑, 소유 등 모든 외적인 것을 경험하고도 결국 세속의 강물 곁에서 자연의 소리를 듣고 깨달음에 이른다. 자기 자신을 비우고 우주 자연의 질서에 귀의하는 과정이 이야기의 핵심이다. 두 작품 모두 '무위자연'과 '비움'의 지혜를 강조하며, 인간의 집착과 욕망을 내려놓는 것이 진정한 자유와 깨달음의 길임을 일깨운다. 외적 성공이나 명예보다는 내면의 평정, 자연스러운 삶, 우주의 흐름에 조화로이 따라가는 태도를 중시한다는 점에서도 닮아 있다.

《도덕경》은 '도'라는 우주적 원리와 본연의 자연, 무위와 무욕을 통해 인간과 사회의 지혜를 설파하고, 《싯다르타》는 한 인간의 체험적 여정을 통해 자기 내면의 변화를 묘사한다는 차이가 있다. 또한 《도덕경》은 간결하고 추상적인 비유와 명상적 언어로 철학적 사유를 유도하는 반면, 《싯다르타》는 이야기와 인물의 구체적 체험을 통해 독자가 감정적으로 공감할 수 있는 여운을 남긴다. 이처럼 두 작품을 함께 읽으면 인간과 자연, 그리고 진정한 삶의 의미를 성찰하는 데 큰 지혜와 울림을 얻을 수 있다.

◇ **사회 연계 – 무위 정치와 자연스러운 사회**

윗사람의 어떠한 간섭도 없이 이상적인 조직을 꾸려나갈 수 있을까?

◇ **과학 연계 – 약함과 유연함**

먹이사슬의 가장 아래에 위치한 개체들은 어떻게 살아남을 수 있을까?

◇ **수학 연계 – 많고 적음의 상대성**

크고 작음, 많고 적음의 기준을 어떻게 나눌 수 있을까?

◇ **철학 연계 – 욕심을 비우는 지혜**

매일매일 차오르는 욕심은 어떻게 비울 수 있을까?

삼국유사, 일연

《삼국유사》는 일연이 지은 한국 고대사의 귀중한 기록문학으로, 삼국(신라·고구려·백제)의 신화와 설화, 불교 전파와 관련된 영웅담과 건국 신화, 각종 민간전승 등을 풍부하게 담고 있다. 삼국사기와 달리 공식 역사와는 별개의 시각에서 이야기를 채록해, 전설·민담·불교 신앙, 그리고 민족적 정체성의 뿌리를 보여준다. 단군신화, 주몽·혁거세·온조 등 삼국 건국 설화, 연오랑과 세오녀, 수로부인, 알영 설화, 미륵불의 강림, 문수·관음의 신화, 김유신·원효 등 불교 성인의 기록까지 다채로운 소재가 어우러진다.

각 이야기는 신비한 사건, 초월적 존재, 신과 인간의 교감 등을 통해 당대인의 세계관과 가치관을 반영한다. 또한 왕조의 정당성, 영웅의 탄생, 민중의 소망과 한, 전쟁과 평화, 사랑과 이별, 기적과 기도의 힘 같은 주제들이 서정적으로 펼쳐진다. 불교적 색채와 민속적 상상력, 구전 문학의 생동감이 어우러져 한국 고대인의 삶과 종교, 문화, 자연관을 깊이 있게 보여준다. 삼국유사는 단순한 역사 기록을 넘어 잊히기 쉬운 민간의 목소리와 민족혼을 고스란히 담은 문화유산이다. 이야기마다 인간의 운명과 시련, 신성에 대한 경외, 조상의 지혜와 용기, 물질과 초월의 만남이 다양하게 그려진다. 문학과 역사, 신화와 실재가 서로의 경계를 넘나드는 이 작품은 한국인의 뿌리와 상상력을 현대까지 이어주는 귀중한 정신적 자산이다.

⬡ Q&A로 알아보는 《삼국유사》

Q 삼국유사에서 불교와 민간신앙의 역할과 의미는 무엇인가?

A 삼국유사는 불교의 전래와 확산 과정, 성직자들의 이야기 등을 중심적으로 담고 있다. 탑과 절의 건립, 스님의 기적, 불법을 지키려는 노력 같은 종교적 신화가 많으며 민간에서 전해지는 귀신, 동물, 자연에 관한 옛이야기도 함께 실려 있다. 불교적 가르침과 민중의 삶, 효행이나 선행 등 윤리적 가치가 어우러진 풍부한 구성은 어려웠던 시대의 백성에게 희망과 자긍심을 심어주었다. 삼국유사는 종교적 기록과 함께 민중적 가치가 어우러진 우리 삶의 거울이라고 볼 수 있다.

Q 삼국유사의 문학적 특징과 그것이 오늘날에 끼친 영향은 무엇인가?

Ⓐ 삼국유사는 상상력과 재미가 어우러진 이야기 방식으로 옛사람들의 생각을 잘 보여준다. 다양한 예시와 옛이야기는 우리말과 전통문화의 계승을 꾀하며, 유교적 논리보다는 폭넓은 포용과 민족의 자긍심을 드러낸다. 이 책에 실린 설화와 전설은 예술, 문학, 신화 연구에 귀중한 토대가 되어 주었으며 특히 단군 이야기는 우리의 정신과 정체성 형성에 큰 힘이 되었다. 우리 문화를 입체적이고 깊이 있게 이해하는 데 지대한 역할을 한 작품이라고 볼 수 있다.

🔰 고전, 다양한 주제와 만나다

《삼국유사》 × 《영원회귀》

"과거를 알고 현재를 안다면 미래를 예측할 수 있다."

니체는 '영원회귀'라는 독특한 개념을 이야기하면서, 세상의 모든 일이 끝없이 반복된다고 생각했다. 즉, 우리가 지금 살아가는 이 순간, 이 삶이 앞으로도 무한하게 반복된다는 것이다. 니체의 영원회귀는 단순히 시간의 반복을 뜻하는 것이 아니라 인생의 모든 기쁨과 고통, 선택과 실수까지 다시 살아야 한다는 점에 의미가 있다. 니체는 이 개념을 통해 우리에게 "지금의 삶을 다시 한 번 똑같이 반복해서 살아야 한다면, 넌 그것을 기쁘게 받아들일 수 있겠는가?"라고 묻는다. 이렇게 질문함으로써, 그는 우리가 스스로의 삶을 진지하게 바라보고, 후회 없는 선택을 하며 살아가기를 권한다. 영원회귀의 사상은 단순히 운명에 순응하라는 뜻이 아니며, 오히려 자신의 삶을 긍정적으로 받아들이는 데 방점을 둔다. 어떤 상황에서도 스스로의 선택과 존재를 당당히 사랑하고, 자기 인생에 책임지는 태도를 가져야 한다고 본다. 이처럼 니체는 영원회귀를 통해 삶의 무게와 가치를 새롭게 생각하게 한다. 한 번뿐이라 여긴 인생을 무한히 반복하여 살아야 한다면, 우리는 더 용기 있고 열정적으로 오늘을 살아야 할 것이다. 그래서 니체는 '운명애', 즉 자신의 운명을 사랑하는 자세를 찬양한다. 결국 영원회귀란 '지금 이 순간을 의미 있게 살라'는 니체의 강한 메시지다.

《삼국유사》 × 《건국 신화》

"옛날에 단군왕검이 아사달에 도읍을 정하고 왕이 되었다."

트로이 전쟁 이후, 그리스와 트로이의 영웅들은 각자 새로운 여정을 시작하게 된다. 오디세우스는 고향 이타카로 돌아가기 위해 험난한 모험을 하는 중에 거인 폴리페모스, 마녀 키르케, 아름다운 세이렌 등 많은 시련과 맞닥뜨린다. 수많은 고통과 시행착오

끝에 오디세우스는 자신의 지혜와 용기로 결국 집으로 돌아가는 데 성공한다. 한편, 트로이의 영웅 아이네이아스는 무너진 트로이에서 탈출한다. 그는 동료들과 함께 신의 계시를 받아 새로운 나라를 찾으라는 사명을 얻는다. 그 여정 속에서 아이네이아스는 카르타고의 여왕 디도와 사랑에 빠지기도 하지만 신의 뜻을 따르기 위해 결국 카르타고를 떠난다. 아이네이아스는 방황 끝에 이탈리아에 도착하고, 그곳에서 토착민들과 싸워 자신들의 자리를 확보한다. 이후 신들의 인도를 받아 새로운 도시의 기반을 만들고 마침내 로마인의 조상으로 추앙받게 된다. 이러한 그의 이야기는 로마 제국의 시작을 알리는 신화로 여겨진다. 오디세우스와 아이네이아스 모두 전쟁의 상처를 딛고 새로운 땅에 정착해 도시를 세우는 영웅적 이야기라고 볼 수 있으며 인간의 용기와 집념, 운명과 신의 뜻을 후세에 전한다.

《삼국유사》 × 《비교 신화학》

"역사를 알면 사람을 알게 되고, 사람을 알면 도를 알게 된다."

컴페러티브 미솔로지(comparative mythology)는 여러 문화와 지역에 전해지는 신화들을 비교하여 공통점과 차이점을 연구하는 학문이다. 이 학문은 신화 속 이야기, 등장인물, 주제, 상징 등을 분석하여 인류 문화의 보편적인 특징과 특수한 요소를 밝혀내는 것을 목표로 한다. 컴페러티브 미솔로지, 비교 신화학은 세계 여러 신화가 서로 영향을 주고받거나 비슷한 구조와 모티프를 가지고 있다는 점에 주목한다. 예를 들어 창조 신화나 홍수 신화, 영웅의 모험 이야기는 다양한 문화에서 공통적으로 나타난다. 이러한 비교 연구를 통해 인류가 공통된 심리, 사회적 필요, 자연환경 등에 반응하여 비슷한 신화들을 만들었음을 이해할 수 있다. 또한 서로 다른 문명이 신화를 통해 자신의 가치관, 세계관, 인간관을 표현해 왔다는 점을 알게 된다. 컴페러티브 미솔로지는 문학, 인류학, 종교학, 역사학 등과 밀접하게 연관되어 있으며, 문화 간 교류와 확산 과정을 연구하는 데도 도움을 준다. 이 학문은 단순한 이야기 비교를 넘어, 신화가 인간 심리와 사회 구조에 미친 영향을 탐구한다. 우리는 컴페러티브 미솔로지를 통해 다양한 문화가 가진 독특함과 공통된 인간 경험을 모두 이해할 수 있으며 현대 문학과 예술, 영화 등의 창작 활동에도 많은 도움을 얻을 수 있다.

🔶 더 읽어보면 좋을 작품

《변신 이야기》, 오비디우스

《변신 이야기》는 고대 로마의 다양한 신화와 전설, 영웅담을 총망라한 대서사시다. 신과 인간, 자연과 인간 세계의 기원, 영웅들의 업적과 우주의 변화 등을 신비롭게 엮어내며 작품 속 수많은 에피소드에서는 인간의 운명과 변화, 사랑, 욕망, 시련이 극적인 변신의 모티프와 함께 펼쳐진다. 신이나 영웅, 평범한 인간들이 신비로운 개입이나 자신의 감정에 의해 동물이나 식물, 별, 강 등으로 변모하는 장면은 고대 서양 세계의 가치와 상상력을 잘 보여 준다. 《삼국유사》와 《변신 이야기》는 모두 한 민족이나 문명의 신화, 설화, 전설 등 다양한 이야기를 한데 모아 당대의 역사적·문화적 정체성과 세계관을 드러낸다는 점에서 닮았다. 신성한 존재와 인간, 전설의 땅과 일상의 경계를 자유롭게 넘나들며, 각각 동아시아와 서양의 상상력과 집단 기억이 집약되어 있다.

두 작품 모두 단순한 역사 기록이 아니라 문학적 상상력, 종교적 신비, 윤리와 풍류가 뒤섞인 문화 보고서의 성격도 공유한다. 《삼국유사》가 불교와 민족 중심의 가치관, 한국 고대의 설화와 전설, 신라·고구려·백제 등의 건국 신화, 불교 문화의 전파와 통합을 깊이 있게 다룬다면 《변신 이야기》는 로마 신화의 신과 영웅, 인간들의 운명과 사랑, 질투, 죄와 구원의 이야기를 다룬다.

변신이라는 신비로운 소재를 통해 인간 본성과 우주 변화의 순간들을 환상적으로 그려내는 것이다. 결국 두 작품을 함께 읽으면 동서양의 신화와 상상력, 인간과 세계에 대한 의미 부여 방식을 폭넓게 성찰할 수 있다.

 **한 걸음 더, 탐구 주제** 

◈ **사회 연계 – 신분, 출신과 영웅의 탄생**
평범한 사람이 큰 꿈을 이루기 위해서는 어떠한 노력을 해야 할까?

◈ **과학 연계 – 전설과 과학적 해석**
수 세기에 걸쳐 전해 내려오는 전설을 과학적으로 증명할 수 있을까?

◈ **수학 연계 – 천문학과 시간 계산**
옛날 사람들은 어떻게 별이나 달 등으로 날짜를 계산할 수 있었을까?

◈ **철학 연계 – 업과 인과**
선한 일을 많이 하면 언젠가 그 복이 자신에게 돌아올까?

목민심서, 정약용

《목민심서》는 조선 후기의 위대한 학자, 다산 정약용이 지은 책이다. 다산은 귀양살이를 하던 중, 관료들이 백성들을 제대로 돌보지 않고 부정부패를 일삼는 현실을 안타까워하며 이 책을 썼다. 말하자면 고을을 다스리는 지방 관리인 '목민관'이 어떤 마음가짐으로 백성을 대하고 나라 살림을 해야 하는지 알려주는 지침서인 것이다. 가장 중요한 가르침은 '애민(愛民)'이다. 관리는 백성을 자기 자식처럼 돌봐야 하며, 재산이나 명예를 탐내지 않고 항상 깨끗하고 올바른 마음으로 일해야 한다는 뜻이 담겨 있다. 특히 백성을 괴롭히던 잘못된 세금 제도나 부당한 부역 관행을 없애야 한다고 주장한다. 관리들은 부지런히 농사를 권장하고, 백성들의 생활이 나아질 수 있도록 적극적으로 도와야 한다. 법을 집행할 때는 공정하게 판단하고, 억울한 사람이 없도록 신중하게 처리해야 한다. 특히 향촌에서 힘을 믿고 약한 이들을 괴롭히는 자들을 철저히 막아야 한다. 감옥에 갇힌 죄수들도 인도적으로 대하고, 무고한 이가 처벌받는 일이 없도록 해야 한다.

나라의 중요한 일뿐만 아니라 산림이나 강, 길 등 백성들의 삶에 직접 영향을 미치는 공공사업도 잘 관리해야 한다. 가뭄, 홍수 등 자연재해가 발생하면 백성들을 구제하는 일에 가장 먼저 앞장 서야 한다. 고을에 새로 부임할 때부터 임기를 마치고 돌아갈 때까지, 모든 순간 백성을 위한 마음을 잊시 말라고 가르친다. 백성들의 의견에 귀 기울이고, 그들의 어려움을 직접 듣고 해결해주려는 노력 역시 필요하다. 다산은 백성을 위한 정치는 말로만 하는 것이 아니라 실제 생활에서 실천해야 한다고 강조했다. 이 책은 오늘날에도 공무원이나 리더가 갖춰야 할 청렴함, 책임감, 애민정신의 중요성을 일깨운다. 겉치레보다는 실질적인 도움이 되는 정치를 해야 한다는 '실학(實學)' 정신이 잘 나타나 있다. 《목민심서》는 백성을 위한 마음이 진정한 통치의 근본임을 보여주는 시대를 초월한 명저다.

✸ Q&A로 알아보는 《목민심서》

Q 작품에서 강조한 지방 관리의 주요 역할과 덕목은 무엇인가?

A 정약용은 지방 수령이 갖추어야 할 기본 자세와 윤리 규범을 핵심적으로 다뤘다. 청렴과 검소, 자기 절제, 백성에 대한 애민정신을 강조한다. 수령이 부패하거나 사리사욕을 추구할 때 백성이 고통을 받게 된다는 것이다. 이 작품은 행정, 세금, 사

법, 구휼 등 실무까지 구체적으로 지시하며 실제적인 행정 매뉴얼을 제시한다. 목민관의 책임감뿐 아니라 공정하고 세밀한 관리의 역할 또한 강조한다. 목민심서는 지방관의 덕목과 행동 원칙을 실제적·윤리적으로 정립한 책이라고 볼 수 있다.

Q 정약용이 강조한 실학사상과 그 현대적 의의는 무엇인가?

A 목민심서는 현실 사회를 개선하고 실제 백성의 삶에 도움이 되는 실학 정신을 잘 드러낸다. 정약용은 단순한 도덕적 교훈이 아니라 삶과 행정의 실제 문제 해결 방안을 제시한다. 농민 경제, 행정 개선, 법 제도 혁신 등 구체적 개혁안을 담아 실용을 중시한 것이다. 또한 민본 사상에 바탕을 두고, 통치자는 백성의 고충을 먼저 헤아려야 한다고 강조한다. 이러한 실학적 시각은 사회 개혁과 인권, 공정한 행정의 현대적 가치와도 연결된다. 오늘날 공직자의 윤리나 지방자치의 모범으로도 꾸준히 인용되고 있다.

고전, 다양한 주제와 만나다

《목민심서》 × 《민중주권 사상》

"백성을 사랑하는 것이 목민관의 첫째 도리다."

　존 로크는 민중주권 사상을 주장한 계몽주의 철학자다. 그는 인간이 태어날 때부터 자유롭고 평등한 권리를 가진다고 보았으며, 이 권리는 누구에게도 빼앗길 수 없는 자연권이라고 주장했다. 그의 주장대로라면 정부나 왕도 사람들의 권리를 마음대로 침해할 수 없다. 사람들이 더 안전하게 살기 위해 서로 계약을 맺고 정부를 세우며 이때 정부의 권력은 국민들에게서 나온다고 했다. 즉, 통치자는 국민의 동의 없이 권력을 행사할 수 없다는 것이다. 이런 생각을 '민중주권 사상'이라 부른다. 존 로크는 만약 정부가 국민의 권리를 침해하거나 약속을 어길 경우, 국민이 정부를 바꿀 권리가 있다고 말했다. 이는 '저항권' 또는 '혁명권'이라고 한다. 그의 이런 주장은 훗날 민주주의 발전에 큰 영향을 주었다. 존 로크는 법의 지배를 강조하면서, 모든 권력은 법에 따라 공정하게 행사되어야 한다고 말했다. 이런 사상을 토대로 오늘날의 선거, 인권, 삼권분립 등 민주주의 제도가 나왔다고도 볼 수 있다. 결국 존 로크의 민중주권 사상은 국민이 나라의 주인이라고 보는 현대 정치의 뿌리가 된 것이다.

《목민심서》 × 《막스 베버의 합리주의》

"공과 사를 분명히 구분하라."

막스 베버는 행정 합리주의, 즉 관료제를 근대 사회의 합리적 행정 체계로 설명하며 효율적이고 일관된 행정을 위한 명확한 규칙과 절차의 중요성을 강조했다. 그는 전통이나 감정이 아닌 이성과 법칙에 따라 운영되는 조직을 가장 합리적인 조직으로 보았다. 행정 합리주의의 핵심은 권한과 책임이 분명히 나뉘고, 위계질서가 엄격하게 지켜지는 관료제 구조에 있다. 각 부서와 직원은 정해진 역할에 따라 일하며, 상급자의 지시를 따른다. 모든 결정과 업무는 문서로 남겨 누구나 검토할 수 있도록 한다. 베버는 이러한 체계 덕에 행정이 개인의 감정이나 사적인 이익에 좌우되지 않는다고 설명했다. 익명성과 객관성이 강조되는 이유도 여기에 있다. 직원은 법과 규정에 따라서만 움직이고, 사적인 친분이나 편견이 개입하지 않도록 한다. 관료제 조직은 전문적인 훈련을 받은 사람들로 구성된다. 그래서 각 분야의 전문가가 맡은 일을 효율적으로 처리할 수 있고, 승진이나 평가 역시 능력과 실적 중심으로 이루어진다. 그러나 베버는 관료제가 지나치게 경직되면 창의성과 융통성이 떨어질 수 있다고 경고했다. 너무 많은 규칙과 절차가 때로 비효율을 가져올 수 있다는 점을 지적한 것이다.

《목민심서》 × 《현대 민주주의의 대의제》

"백성의 불만을 경청하고 고통을 풀어주는 것이 목민관의 가장 큰 임무다."

　현대 민주주의 대의제는 국민이 직접 정치에 참여하지 않고 대표를 뽑아 정치에 참여하게 하는 제도를 말한다. 인구가 많고 영토가 넓은 현대사회에서는 모든 국민이 일일이 정책을 결정하기 어렵기에, 대의제를 통해 국민의 의사를 반영한다. 국민은 선거를 통해 국회의원이나 대통령 같은 대표를 선출한다. 이렇게 선출된 대표들은 국민을 대신하여 법을 만들고 나라의 다양한 정책을 결정하며, 대표들은 국민의 요구와 의견을 잘 듣고 이를 정치에 반영해야 한다. 만약 대표가 국민의 의사를 무시하거나 권력을 남용하면, 다음 선거에서 새로운 대표를 선출할 수 있는 권리가 있다. 대의제는 다원주의와 의견의 다양성을 보장하는 데 도움이 된다. 여러 정당이 정책을 제시하고, 국민은 자신과 생각이 가까운 정당이나 후보를 선택할 수 있다. 대화와 토론을 통해 다양한 의견이 정치에 반영되기에 사회의 여러 집단의 이익이 조화롭게 조정될 수 있다고 본다. 현대 민주주의 대의제에서는 법의 지배, 기본권 존중, 권력분립이 중요하게 여겨진다. 국민의 감시와 참여가 계속 이루어져야 대의제가 건강하게 유지된다. 대의제는 국민이 정치의 주인임을 전제로 대표 역시 국민에게 책임을 져야 함을 분명히 한다. 결국 현대 민주주의 대의제는 국민이 간접적으로 정치에 참여함으로써 자유와 권리를 지키는 제도라 할 수 있다.

《수상록》, 몽테뉴

《수상록》은 르네상스 시대의 인간성과 사회, 리더십, 삶의 태도에 관한 성찰을 에세이 형식으로 풀어낸 몽테뉴의 작품이다. 그는 인간의 불완전함과 자기 성찰, 타인과 사회에 대한 관용, 선의 실천 등을 중요한 주제로 삼고, 통치자나 사회 지도자가 갖춰야 할 덕목과 실천적 윤리에 대해서도 깊이 있게 이야기한다. 두 작품 모두 사회와 인간, 리더의 자세와 윤리, 국민 또는 민중과의 관계에서 지녀야 할 덕목에 주목한다. 《목민심서》는 조선 후기의 행정 지침서로서 실천적이고 구체적인 관리의 윤리와 행동 기준을 제시하며 백성을 위하는 애민정신, 청렴, 절제, 현실 개혁의 중요성을 강조한다. 《수상록》 역시 인간 본성과 덕, 자기 성찰, 관용과 진정성 있는 삶을 중시하고 이를 사회적 지도자와 개인 모두의 과제로 보았다.

《목민심서》가 실제 행정과 정책, 제도, 그리고 구체적인 실천 방법을 담은 실용적인 '행정 지침서'라면 《수상록》은 개인의 내면과 사유, 윤리의 자기 성찰에서 출발하여 철학적이고 보편적인 인간론을 펼친다. 정약용은 한국적 사회 현실에서 얻은 실천적 지혜와 구체적 제안을, 몽테뉴는 보편적인 인간 조건과 삶의 의미를 에세이 형태로 풀어낸 것이다. 두 작품을 함께 읽으면 동서양의 리더십, 인간성, 사회 윤리에 대한 깊이 있는 사유를 경험할 수 있을 것이다.

 ## 한 걸음 더, 탐구 주제 

◇ **사회 연계 – 공정한 행정과 청렴**
정의롭고 정직한 사람이 많아지면 이 사회는 어떻게 달라질까?

◇ **과학 연계 – 자연재해와 관리**
과학이 지금보다 더 발달한 미래에는 자연재해를 기술의 힘으로 막을 수 있을까?

◇ **수학 연계 – 세금 계산과 분배**
세금을 책정할 때는 어떠한 수학적 계산이 필요할까?

◇ **철학 연계 – 도덕적 책임과 의무**
왜 아이들보다 어른들의 도덕적 책임이 더 막중할까?

열하일기, 박지원

《열하일기》는 조선 후기 실학자 박지원이 청나라 '열하'에 다녀온 뒤 쓴 기행문이자 조선과 중국, 나아가 세계 문명의 폭넓은 교류와 박지원의 깊이 있는 사유를 보여주는 대표적 작품이다. 박지원은 사신단을 따라 북경과 열하를 여행하며 중국의 도시와 촌락, 상공업과 농업, 궁전·절·각종 풍물과 제도, 거리의 상인과 예술가, 기인들의 생활상을 세밀하게 기록했다. 그는 청나라 문물과 과학, 예술, 건축, 길과 다리, 가옥 구조, 유통과 시장, 농업 기술 등 다양한 분야에 대해 열린 시각을 보였고, 조선의 구습과 폐쇄성을 냉철하게 비판했다. 여정 곳곳의 유머러스한 에피소드, 기상천외한 인물에 대한 세밀한 관찰, 아름답고 시적인 자연 묘사는 작품 속에서 빛을 발한다.

박지원은 여행길에서 만난 인물과 장면을 구체적으로 그리며, 선입견 없는 태도로 타 문명을 받아들이려 노력한다. 특히 실용과 실사구시의 정신, 개혁의 필요성을 강조했다. 조선의 시대적 후진성과 사회적 병폐, 제도 문제, 지식인의 역할 등에 대해 비판과 성찰을 담았고, 일상과 인간, 사물과 자연, 현실 세계에 대한 폭넓은 궤적을 남겼다. 《열하일기》는 단순한 여행기가 아니다. 오늘날에 이르기까지 사회정치 비판서로, 새로운 세계관의 탐구서로 평가되는 까닭이다. 박지원의 해박한 지식과 관찰력, 유머, 현장감, 사유의 깊이가 어우러진 이 작품은 조선 후기 '실학' 사상의 정수를 보여주며, 시대를 앞선 비판 정신과 개방적 시야는 오늘날까지도 유효한 포지션을 점하고 있다.

◉ Q&A로 알아보는 《열하일기》

ⓠ 박지원이 말한 청나라의 사회·문화적 특징과 그 의미는 무엇인가?

ⓐ 박지원은 청나라의 선진 문물과 상공업, 과학기술 발전을 세밀하게 기록했다. 그는 청나라의 다양한 제도와 문화를 통해 조선의 현실을 되짚어보고 이를 개선해야 한다고 말했다. 특히 농업과 상업 분야에서의 실제적 변화를 강조하며 실용적 학문을 지지했다. 여행 과정을 일일이 정리하며 정치, 경제, 문화 전반에 걸친 깊은 통찰을 담았다. 그가 체험한 것들은 당시 조선 사회에 신선한 자극과 변화를 촉구하는 메시지였다. 이런 관찰은 열하일기를 단순한 여행기가 아닌 사회 비판서로 만든다.

Q 열하일기에서 드러나는 박지원의 실학적 사상과 그것이 조선 사회에 던진 제언은 무엇인가?

A 박지원은 전통 유교 이념에 안주하는 조선을 비판하고, 실생활에 도움이 되는 실학적 접근을 추구했다. 그는 청나라의 사회와 문물을 보며 과학, 농업, 상업의 발전을 통해 조선도 개혁을 해야 한다고 주장했다. 농업 기술 개선, 상공업 활성화, 백성들의 삶의 질 향상을 강조하며 구체적인 정책을 제안했다. 그의 사상은 합리적이고 개방적인 북학(北學) 정신과도 연관된다. 이는 조선의 낙후성을 극복하고 근대화를 위한 지적 운동이었다. 이러한 이유로 열하일기는 실학 사상을 대표하는 기록물로 평가된다.

고전, 다양한 주제와 만나다

《열하일기》 × 《계몽사상》

"청나라의 선진 문물과 제도, 기계, 기술, 상공업 등을 적극적으로 받아들여 낙후한 조선을 개혁하자."

프랜시스 베이컨은 영국의 대표적인 계몽사상가다. 그는 중세적 권위와 전통에 머물지 않고, 새로운 지식과 진보의 중요성을 강조했다. 베이컨은 자연을 객관적으로 관찰하고 실험하는 과학적 방법을 제시하며, 기존의 추상적이고 이론적인 철학보다는 실제 경험과 관찰에서 출발해야 한다고 주장했다. 베이컨은 "아는 것이 힘이다"라는 명제를 통해 인간이 자연의 법칙을 이해하면 삶을 더 풍요롭고 편리하게 만들 수 있다고 생각했다. 더불어 기존의 권위에 맹목적으로 따르지 말고, 비판적 사고와 의심의 태도를 함양해야 한다고 말했다. 그는 과학과 기술의 발전이 인류의 진보와 행복에 이바지하고, 새로운 지식이 인간의 삶을 개선할 수 있다고 믿었다. 그는 사회 전체가 교육받고 깨어 있어야 더 나은 세상을 만들 수 있다고 주장하며, 영어로 글을 써 많은 사람들에게 자신의 생각을 전파하였다. 그의 사상은 근대 과학혁명의 기초가 되었으며, 이후 계몽주의 운동에도 큰 영향을 끼쳤다. 결국 프랜시스 베이컨의 계몽사상은 이성과 경험, 과학적 방법을 통해 진보와 발전을 이루려는 태도에서 핵심을 찾을 수 있다.

"우리는 우리의 정원을 가꾸어야 한다."

　《볼테르의 캉디드》는 18세기 프랑스 계몽주의를 대표하는 풍자 소설이다. 이 소설의 주인공 캉디드는 '이 세상은 최선의 세계'라는 스승 팡글로스의 가르침을 믿고 살아가지만 집에서 쫓겨난 뒤부터 온갖 시련과 불행을 겪는다. 그는 전쟁터, 지진, 추방, 고문 등 여러 고난을 경험하며 세상을 여행하게 된다. 캉디드는 각지에서 다양한 사람들을 만나며 인간의 위선, 부조리, 종교적 이중성 등을 직접 목격한다. 팡글로스와 함께할 때마다 '모든 것은 잘 되고 있다'는 낙관적 철학을 되풀이하지만, 현실은 말처럼 쉽지 않다. 이 소설은 레이즈와 리스본 대지진, 종교재판 등 당시 사회 현실을 신랄하게 비판한다. 볼테르는 캉디드와 주변 인물들의 모험을 통해 근거 없는 낙관주의와 맹목적인 신앙을 풍자하면서도 인간의 고통과 악, 불합리한 사회제도에 대한 성찰을 유도한다. 캉디드는 끝없는 고난 끝에 "우리는 우리 자신의 정원을 가꿔야 한다"고 말한다. 이 구절은 현실을 직시하고 자신의 삶을 책임지는 자세가 중요하다는 메시지를 담고 있다. 볼테르는 세상을 맹목적으로 긍정하기보다는 이성적으로 사고하고, 실천적 노력이 필요함을 강조한다. 오늘날에도 인간과 사회, 종교와 철학, 행복의 의미를 되새기게 만드는 작품이다.

"세상으로부터 완전히 버려졌다."

장 자크 루소의 《고독한 산책자의 몽상》은 그가 생의 말년에 자연 속을 거닐며 느낀 생각과 감정을 담은 책이다. 이 책에서 루소는 혼자 산책을 하며 자신과 세상, 과거의 추억을 깊이 돌아본다. 그는 사회에서 받은 오해와 상처로 인해 고독을 경험하지만, 이 고독을 두려워하기보다 자연 속에서 위로를 받고자 했다. 산책 중 루소는 나무와 꽃, 호수, 하늘의 풍경을 감상하며 자연이 주는 평온함을 소중히 여긴다. 그는 자연의 아름다움이 외로움을 달래 주고 마음에 평화를 가져다준다고 믿었다. 산책하면서 어린 시절과 지난 행복했던 순간들을 회상하고, 인생의 덧없음을 깨닫게 된 것이다. 고독한 시간은 자신을 성찰하고 내면을 정직하게 바라보게 한다. 루소는 남들과 어울리지 않아도 자연과 대화하며 참된 자유와 기쁨을 느꼈다. 그는 고독이 슬픔만 주는 것이 아니라 독창적인 생각과 깊은 사색의 시간을 준다고 강조한다. 자연을 통해 자신의 상처와 한계를 받아들이고, 조용히 자기를 위로하는 모습이 작품에서 드러나는 까닭이다. 루소는 자기 자신을 진솔하게 바라보는 순간에 비로소 진짜 행복과 자유를 느낄 수 있다고 말한다. 자연과 인간 본성, 고독, 내면의 평화에 대해 깊이 생각하게 만드는 작품이다.

《이탈리아 기행》, 괴테

《이탈리아 기행》은 독일의 대문호 괴테가 1786년부터 2년에 걸쳐 이탈리아를 여행하며 보고 듣고 느낀 것들을 기록한 기행문 형식의 작품이다. 괴테는 독일 사회와 예술, 고전적 '미'에 대한 고민에서 벗어나 새로운 문화와 예술, 사람들과의 만남을 통해 인생과 예술의 진정한 가치를 추구한다. 고대 유적, 자연, 미술, 각종 사건과 일상에 대한 세밀한 관찰이 서정적이면서도 솔직하게 그려져 있다. 두 작품 모두 저자가 실제 타국을 방문하며 현지의 풍물, 인간 군상, 문화와 문물, 자연환경, 제도 등을 예리하고도 폭넓게 관찰하고 기록했다는 공통점을 가진다. 단순한 여행 기록을 넘어 사상과 현실 변화에 대한 문제의식, 자신이 살던 사회와 비교하는 지적 호기심, 그리고 새로운 문물과 가치에 대한 개방적 태도를 공통적으로 보여주는 것이다.

《열하일기》는 조선 후기 실학자 박지원이 북경에서 열하까지 중국 문물을 경험하며 조선의 낙후성과 개혁의 필요성을 비판적으로 담아낸 실용적·현실적 색채가 강하다. 반면 《이탈리아 기행》은 괴테가 고전적 미와 예술, 개인적 해방을 추구하며 자기 성찰과 예술적 영감을 중심에 둔 초월적·예술적 색채가 두드러진다. 이처럼 두 작품을 함께 읽으면 동서양 문화인의 시선과 여행을 통한 자기 성찰, 비교 문화적 통찰, 변화와 혁신에 대한 시각을 폭넓게 경험할 수 있다.

 한 걸음 더, 탐구 주제 

◈ **사회 연계 – 변혁과 개혁 정신**
다른 나라의 좋은 문물을 우리나라에 그대로 가지고 와도 괜찮을까?

◈ **과학 연계 – 자연현상과 기록**
변화하는 날씨를 어떻게 예측하고 기록할 수 있을까?

◈ **수학 연계 – 거리와 시간 계산**
여행을 할 때 거리는 어떻게 계산하는 게 가장 좋을까?

◈ **철학 연계 – 타인의 시각**
다른 사람이 나와 다른 생각을 갖고 있는 결정적인 이유는 무엇일까?

3장
서양고전
고전문학

넌 내게 아주 특별한 인간이야.
마치 어린왕자의 장미처럼 말이야.
얘가 왜 이럴까?
또 무슨 부탁을 하려고….
어허, 우리의 소중한 우정이 그거밖에 안 돼?
난 네가 4시에 온다면
3시부터 행복해지기 시작할 거야.
어제 어린왕자 좀 읽었나 봐?
오글거려서 못 들어주겠다 아주.
됐고, 용건만 딱 말해.
나야 늘 상식이 풍부하잖니.
안 그래 친구?
아까 보니까 너 사물함에 과자 많던데,
그거 나에게 좀 나눠줄 수 있겠니?
어휴, 네가 그럼 그렇지.

어린 왕자, 생텍쥐페리

사막에 불시착한 비행사는 식수가 다 떨어진 절박한 상황에서 신비한 소년, 어린 왕자를 만난다. 어린 왕자는 "양 한 마리만 그려줘"라고 말하며, 비행사의 상상과 순수성을 끄집어낸다. 대화 속에서 어린 왕자가 아주 작은 별 소행성 B-612 출신이며, 그 별의 단 하나뿐인 장미꽃을 애틋하게 그리워하고 있음을 알게 된다. 둘은 고립된 사막이라는 공간에서 점차 깊은 교감을 나누고 서로에게 소중한 존재가 되어간다. 어린 왕자는 자신의 별에서 장미와 이별한 뒤 의미를 찾고자 여섯 개의 별을 여행한다. 그 여정에서 왕, 허영심 많은 사람, 술주정뱅이, 사업가, 가로등지기, 지리학자 같은 다양한 어른들을 만나며 어른 사회의 허위성을 비판적으로 바라본다. 마지막 일곱 번째 별인 지구에 도착해 뱀, 꽃, 장미 덤불, 철도원, 상인 등 여러 존재와 만난다.

진정한 깨달음은 여우와의 만남에서 시작되는데, 여우는 '길들임'의 의미를 통해 "정말 중요한 것은 눈에 보이지 않는다"는 가치를 어린 왕자에게 일깨운다. 이 경험을 바탕으로 어린 왕자는 사랑과 관계의 본질을 이해하고, 비행사에게도 눈에 보이지 않는 소중함을 전한다. 그러나 시간이 흘러 사막의 고단함이 몰려오고, 식수도 떨어진다. 결국 어린 왕자는 자신의 별, 장미에게 돌아가야 할 때가 왔음을 직감한다. 이별을 준비하며 뱀의 도움을 받아 몸은 남기고 영혼만 별로 돌아갈 결심을 한다. 어린 왕자는 비행사에게 별을 볼 때마다 자신을 기억해 달라고 부탁한다. 마지막에 뱀에 물린 어린 왕자는 조용히 쓰러지고, 비행사는 어린 왕자와의 소중한 추억을 평생 간직하게 된다.

✤ Q&A로 알아보는 《어린 왕자》

Q 작품 속 장미꽃의 상징적 의미는 무엇인가?

A 어린 왕자에게 장미꽃은 단순한 식물이 아닌 사랑과 책임, 그리고 성장의 상징이다. 장미를 돌보며 사랑을 배우고, 이별을 통해 한층 성장하게 된다. 지구에서 수많은 장미를 본 후에도 자신의 별에 있는 장미가 특별한 이유가 있다. 그 꽃에게 직접 물을 주고, 보호하며 시간과 정성을 쏟았기 때문이다. 진정한 특별함은 정성과 관심에서 비롯된다는 메시지를 담은 것이다. 장미와의 갈등과 오해, 이별은 인간관계에서 누구나 겪을 수 있는 성장통을 상징한다. 상대를 진정으로 이해하고 받아들이는 과정의 중요성을 보여준다. "길들이는 것에는 책임이 따른

다”라는 여우의 말처럼, 관계를 맺는 순간부터 생기는 책임과
애정은 어린 왕자가 인간관계의 본질을 깨닫게 만드는 핵심
요소다.

Q 어린 왕자가 만난 어른들은 무엇을 상징하고 있는가?

A 어린 왕자가 여행 중 만나는 어른들은 현실 세계의 어른들이
가진 결함을 풍자한다. 왕은 권력욕과 명령 중심의 사고를 보
여준다. 허영심 많은 사람은 타인의 인정을 갈구하며, 술주정
뱅이는 자기모순과 현실도피를 상징한다. 사업가는 물질만능
주의와 소유욕을, 가로등지기는 의미 없는 반복과 관습에 순
응하는 삶을 표현한다. 지리학자를 통해서는 직접적인 경험
없이 지식에만 의존하는 태도를 비판한다. 이러한 인물들은
모두 중요한 것을 잊고 살아가는 존재들로, 어린 왕자의 순수
한 시선과 뚜렷한 대조를 이루며 '정말 중요한 것은 눈에 보이
지 않는다'라는 주제를 통해 어른들의 현실적인 삶을 비판적으
로 그려낸다.

고전, 다양한 주제와 만나다

《어린 왕자》 × 《세대 갈등》

"어른들은 이해하지 못해. 늘 자기 일에만 바쁘거든."

'세대 갈등'이란 서로 다른 나이대의 사람들이 살아온 환경, 생각, 가치관, 경제적인 상황이 달라서 오해하거나 부딪히는 것을 말한다. 청소년과 부모님, 할아버지, 할머니는 세상을 바라보는 방법과 중요하게 생각하는 것이 다르다. 그래서 대화할 때 뜻이 맞지 않거나 의견 충돌이 생길 수 있다. 최근 한 설문 조사에 따르면 우리나라 국민의 84%가 세대 갈등의 심각성을 몸소 느끼고 있다고 답했다. 최근 60세 이상 출입 제한 공간인 '노시니어존'을 만든 카페가 논란이 되었고, 이는 세대 갈등이 일상 공간까지 퍼지고 있음을 시사한다. 세대갈등은 일상 여러 곳에서 나타난다. 가장 큰 원인은 돈과 일자리 등 경제 문제, 가치관과 생활방식과 정치적 생각의 차이 때문이다. SNS나 신조어 같은 새로운 문화를 쉽게 받아들이는 젊은 세대와 그것이 익숙하지 않은 기성세대가 정서적으로 충돌하는 것이다. 소위 MZ세대와 기성세대 간의 직장 내 회식 문화, 메신저 소통 방식의 차이로 갈등을 빚기도 한다. 이런 갈등을 줄이려면 대화의 기회를 더 만들고, 서로의 경험을 이해하려는 노력이 필요하다. 가족이나 사회의 다양한 세대가 입장을 바꿔 생각해 보는 것도 도움이 될 것이다. 이렇게 서로를 이해하고 누구나 만족할 수 있는 사회가 된다면, 세대 갈등은 자연스레 줄고 더 건강한 사회로의 도약을 꾀할 수 있을 것이다.

《어린 왕자》 × 《대기의 구성과 생명》

"물이 꼭 필요했어요. 나는 목이 너무 말랐으니까요."

지구를 둘러싸고 있는 공기층, 즉 대기는 여러 기체가 섞여 만들어진 층이다. 대기의 대부분은 질소(약 78%)와 산소(약 21%)로 이루어져 있고, 이 외에도 아르곤, 이산화탄소 같은 기체들이 소량 포함되어 있다. 대기는 우리가 숨 쉴 수 있도록 산소를 공급해 주고 태양에서 오는 자외선을 막아 주며, 지구의 온도를 적절하게 유지해 준다. 최근 뉴스에서도 이런 대기의 중요성이 자주 언급되며, 지구 온난화로 인해 대기의 조성이 변할 수 있다는 경고가 나온다. 대기는 생명에게 꼭 필요한 여러 조건을 만들어 준다. 그중에 물도 아주 중요한 역할을 한다. 대기 중의 수증기는 구름과 비가 되어 식물과 동물, 사람이 생명을 유지할 수 있게 돕는다. 사막처럼 건조한 곳에도 땅속에 숨겨진 물이 있어 생명이 이어지기도 한다. 화성 같은 다른 행성도 생명이 존재하려면 대기와 물의 조건이 갖춰져야 한다. '무중력 상태', '밀폐된 공간'에서도 살아남을 수 있는 생명 유지 시스템 기술이 나날이 발전하고 있다. 이 시스템은 산소 공급, 적절한 기압 유지, 이산화탄소 제거, 온습도 조절 등으로 우주에서도 생명을 유지할 수 있게 해준다. 이는 우리가 평소 알고 있는 지구 대기가 왜 우리 삶에 필수적인지 새삼 느끼게 한다. 이러한 기술이 없이는 다른 행성으로의 이주가 불가능할 것이다.

《어린 왕자》 × 《상징적 상호작용론》

"네가 나를 길들인다면 우리는 서로에게 특별한 존재가 되는 거야."

조지 미드는 우리가 단순히 말로만 관계를 맺는 것이 아니라 말, 표정, 손짓, 별명, 같이 쓰는 농담 등 다양한 상징을 주고받으면서 서로를 이해하고 특별한 사이가 된다고 생각했다. 그는 이런 생각을 '상징적 상호작용론'이라고 불렀는데 여기서 말하는 상징은 단순한 행동이나 말이 아니라 그 안에 담긴 의미와 약속을 뜻한다. 예를 들어 친구와 눈이 마주쳤을 때, 씨익 웃기만 해도 "오늘 기분 좋아?"라는 말을 주고받는 것과 같은 상호작용이 이루어진다는 것이다. 학교생활에서도 이런 상징적 소통이 많이 나타난다. 친구가 아침에 별명을 부르며 하이파이브를 건네면, 그것은 그 친구와 나만 아는 친근함의 신호가 된다. 반 친구들끼리만 쓰는 줄임말이나 장난스러운 행동도 모두 상징의 한 종류이다. 처음엔 이름만 아는 사이였던 친구라도, 이런 사소한 신호를 오가며 점점 더 진짜 친구가 되어 간다. 이러한 상호작용이 많아질수록 서로는 점점 더 특별한 존재가 된다. 결국 상징적 상호작용론은 우리가 주변 사람과 주고받는 작은 신호와 의미가 모여 진짜 '나만의 관계'와 '우리 가족만의 이야기', '우리만 아는 추억'을 만드는 과정이다. 누군가와 가까워지고 싶을 때는 말 한마디, 미소, 작은 장난 등 특별한 신호를 주고받자. 이러한 신호와 상징이 어떤 의미인지 한 번 더 생각하며 사람들과 소통한다면, 더 재미있고 따뜻한 관계를 만들 수 있을 것이다.

⬣ 더 읽어보면 좋을 작품

《모모》, 미하엘 엔데

《모모》는 시간을 빼앗아 가는 회색 신사들과 맞서 싸우는 소녀 모모의 이야기로, 물질적 풍요와 효율 위주의 사회에서 잃어버리기 쉬운 '소중한 시간', '타인과의 진정한 대화와 우정', '인생의 의미' 등을 주제로 다룬다. 이는 《어린 왕자》가 이야기하는 "진정 소중한 것은 눈에 보이지 않는다", "시간을 들여 맺은 관계의 소중함"과 맞닿아 있다. 두 작품 모두 순수한 시각으로 본 어른 사회의 모순과 삶의 본질적 가치를 생각하게 만들며, 일상에서 잊기 쉬운 '시간과 인간관계'의 본질을 되새기게 한다.

어른 사회를 순수한 시각으로 비판하며, 보이지 않는 진정한 가치에 집중한다. 모모와 어린 왕자는 길드는 것과 길들이는 것, 우정, 사랑, 대화의 의미를 깊이 성찰하게 한다. 성격이 비슷한 두 작품에도 차이점은 분명 있다. 《모모》가 시간의 착취라는 사회적 구조의 문제를 구체적으로 드러낸다면, 《어린 왕자》는 상징적 인물과 행성을 통해 삶의 본질과 그 관계를 이야기한다. 이러한 작품들이 오래도록 사랑받는 이유는 아마 순수성에 있지 않을까?

한 걸음 더, 탐구 주제

◇ **사회 연계 – 우정과 사랑, 그리고 신뢰**
사람과 사람 사이에서 가장 중요한 것은 무엇일까?

◇ **과학 연계 – 천체와 소행성**
지구가 아닌 다른 행성에서 인간이 살아갈 수 있을까?

◇ **수학 연계 – 수열과 규칙성**
태양계에 있는 행성의 개수를 숫자로 표현할 수 있을까?

◇ **철학 연계 – 존재와 시간**
존재하지 않는 것에도 시간이라는 개념을 부여할 수 있을까?

오이디푸스 왕, 소포클레스

테베에 원인 모를 끔찍한 역병이 창궐한다. 왕 오이디푸스는 백성들의 고통에 마음 아파하며 해결책을 찾아 나선다. 델포이 신전의 신탁은 라이오스 전 왕을 죽인 자를 찾아내야만 역병이 끝날 것이라 예언한다. 오이디푸스는 진범을 찾기 위해 적극적으로 조사에 착수한다. 선견지명을 가진 예언자 테이레시아스는 오이디푸스 자신이야말로 라이오스 왕을 죽인 범인이라고 말한다. 이에 오이디푸스는 극도로 분노하여 예언자가 자신을 모욕한다고 비난한다. 그는 자신을 코린토스의 폴리보스 왕과 메로페 왕비의 아들이라고 굳게 믿고 있었으나, 어린 시절 잔치에서 자신이 주워온 아들이라는 말을 우연히 듣게 된다. 불안한 마음에 델포이 신전을 찾았는데, 아버지를 죽이고 어머니와 결혼할 것이라는 충격적인 예언을 받는다. 끔찍한 운명을 피하기 위해 그는 코린토스를 떠나 정처 없이 방랑한다. 여행 중 길에서 한 무리의 사람들과 시비가 붙어 그들의 우두머리를 죽인다. 그 후 테베로 가는 길에 스핑크스의 수수께끼를 성공적으로 풀어내고 테베의 영웅이 된다.

영웅이 된 오이디푸스는 라이오스 왕의 과부가 된 이오카스테

왕비와 결혼하여 테베의 새로운 왕이 된다. 이오카스테는 남편 오이디푸스를 안심시키기 위해 과거 라이오스에게 내려졌던 신탁과 그의 죽음을 이야기한다. 그녀는 라이오스가 자신의 아들에게 죽을 운명이었으나, 아기를 버려 살아남았고, 델포이 신전으로 가던 중 살해당했다고 설명한다. 이오카스테의 이야기를 들은 오이디푸스는 자신이 과거 삼거리에서 죽인 사람이 라이오스 왕임을 직감적으로 깨닫는다. 곧이어 코린토스에서 온 사자가 폴리보스 왕이 돌아가셨다는 소식과 함께 오이디푸스가 폴리보스의 친아들이 아님을 밝힌다. 결국 오이디푸스는 자신이 죽인 사람이 친아버지 라이오스이며, 아내 이오카스테가 친어머니임을 알게 된다. 모든 진실을 마주한 이오카스테는 절망하여 스스로 목숨을 끊는다. 오이디푸스는 어머니의 브로치로 자신의 눈을 찔러 스스로 장님이 된 후 테베를 떠나 영원히 방랑한다.

Q&A로 알아보는 《오이디푸스 왕》

Q 오이디푸스의 자해가 의미하는 바는 무엇인가?

A 오이디푸스가 자신의 눈을 찌르는 극적 장면은 자기 처벌 이상의 의미를 가진다. "보아야 할 것을 보지 못했다"는 죄책감과 감각적 현실(눈으로 보는 것)에 기대 판단하는 인간 인식의

한계에 대한 각성을 상징하는 것이다. 앞을 못 보는 예언자 테이레시아스가 진실을 알고 있었던 것처럼, 이제 오이디푸스는 육체적으로는 장님이지만 진정한 진실을 깨달은 상태에 이른 것이다. 이 행위는 인간이 자기 무지에 의한 죄를 스스로 짊어지고, 자기 운명을 받아들이는 결단의 표현이기도 하다.

Q 오이디푸스가 진실을 끝까지 파헤치려 한 이유와 파멸을 알면서도 이를 멈추지 않은 이유는 무엇인가?

A 오이디푸스는 스스로 파멸에 이를 것임을 어렴풋이 알면서도 진실을 밝히는 데 집착했다. 이는 인간 내면의 '앎에 대한 본능적 의지'와 '운명 앞에서도 자기 결정권을 포기하지 않는 의지'가 작동한 결과이다. 오이디푸스의 결정은 그리스 비극이 말하는 "진실은 고통을 동반하지만, 회피보다 직면이 인간다움이다"라는 메시지를 선명하게 드러낸다. 또한 이는 인간의 자유의지와 운명, 인식의 한계가 충돌하는 주제이기도 하다. 한편, 비극적 파멸에도 불구하고 오이디푸스는 남을 원망하지 않고 자신의 죄와 운명을 받아들이며 책임을 지는 모습을 보인다.

고전, 다양한 주제와 만나다

《오이디푸스 왕》 × 《인간 인식의 한계과 진실 추구》

"아아, 슬프도다. 아무 쓸모없는 곳에서 지혜롭다는 것은 얼마나 괴로운 일인가!"

인간 인식의 한계와 진실 추구는 '세상에 대해 알고 싶어도 모든 것을 다 알 수 없다'는 전제를 기본값으로 한다. 가령 속상해하는 친구에게 이유를 물을 수도 있겠지만, 그 친구가 속마음을 다 말해주지 않으면 완전히 이해하기 어렵다(다 말해준다고 해도 친구를 100% 이해하는 것은 불가능할지도 모른다). 또, 뉴스나 책에서 본 내용이 사실인지, 사실이 아닌지 헷갈릴 때도 많다. 이렇게 사람은 보고 듣는 것만으로 진실을 전부 알 수 없고, 생각이나 경험에 따라 다르게 해석할 수도 있다. 그래도 우리는 더 정확하게 이해하려고 질문을 하거나, 여러 가지 정보를 찾으면서 진실에 가까워지려고 노력한다. 이 같은 인식의 한계와는 별개로 꾸준히 진실을 찾으려는 태도가 중요하다. 세상이나 사람, 어떤 현상에 대해 다 알고 싶어도 이를 정확히 이해하는 데엔 한계가 있다. 물론, 완벽에 가까운 답을 얻는 경우도 있다. 이는 과학이나 수학처럼 뚜렷한 논증에 의해 얻게 되는 데이터일 뿐, 그마저 '진실'이라고 단정하긴 어렵다. 그렇다고 해서 그냥 다 포기해버릴 수는 없기에 우리는 늘 한계에 부딪히면서도 진실을 추구해 나간다. 그 과정에서 어쩌면 '진실'보다 더 '진실'에 가까운 답을 손에 쥘 수도 있다.

《오이디푸스 왕》 × 《결정론》

"누구도 자신의 운명을 완전히 알 수 없다."

스피노자는 세상의 모든 일이나 존재는 반드시 어떤 원인 때문에 일어나며, 자연의 법칙에 따라 움직인다고 말했다. 이런 생각을 '결정론'이라고 하는데, 이는 모든 사건이 이전에 일어난 일과 연결되어 이어지는 필연적 과정이라고 보는 관점이다. 스피노자는 사람의 생각, 감정, 행동도 이 자연의 법칙에서 벗어날 수 없다고 보았다. 그래서 우리가 스스로 생각하는 '마음대로 선택하는 자유' 즉, '자유의지'는 실제로 존재하지 않는다고 주장했다. 사람들은 자신이 자유롭게 결정한다고 느끼지만, 사실은 자신과 세상에 있는 자연법칙과 다양한 조건들이 우리의 선택과 행동을 결정한다는 것이다. 그러나 스피노자에게 진짜 자유란, 이런 자연법칙과 자신의 본성을 깊이 이해하고 그에 맞는 이성적인 판단과 행동을 뜻한다. 쉽게 말하면 우리가 자기 자신과 세상을 잘 알수록 운명과 환경에 휘둘리지 않고 '스스로 이끄는 자유로운 사람'이 될 수 있다는 의미이다. 따라서 스피노자는 진정한 자유를 '무조건

내 마음대로 하는 것'이 아니라 '내 안과 밖의 원리를 이해하고 조화롭게 사는 것'으로 보았다.

《오이디푸스 왕》 × 《사르트르의 실존주의》
"내 죄는 내 두 손으로 벌하리라."

사르트르는 '실존주의' 철학을 통해 모든 사람이 자기 삶의 주인이 된다고 강조했다. 정해진 모습이 아니라 선택에 따라 얼마든 삶의 모습과 형태를 만들어 갈 수 있다는 것이다. 예컨대 학습량, 친구들과의 관계, 신학기 목표 등은 결국 스스로 결정해야 하는 부분이다. 그리고 그 모든 선택에 따른 결과는 자신이 책임져야 한다. 남을 탓하지 않고 내가 한 행동과 결정에 대해 책임지는 것이 진짜 성숙한 자세라고 사르트르는 강조했다. 실존주의에서는 '내가 선택한 삶은 내가 책임진다'는 생각이 매우 중요하며, 스스로 삶을 만들어 가는 주체적인 태도에 큰 의미를 둔다. 나아가 이러한 자기 책임은 단순히 결과를 받아들이는 것뿐 아니라 스스로를 더 잘 이해하고 이를 통해 성장하는 계기를 마련할 수 있다고 여겼다. 자신이 선택한 길에 대해 긍정적이고 적극적인 태도를 가지면서, 끊임없이 자신을 돌아보고 개선을 위해 노력해야 한다는 것이다. 이런 점에서 실존주의는 우리에게 자유롭고 주체적인 삶

을 살되, 그만큼 정직하고 책임감 있는 사람이 되어야 한다는 메
시지를 전한다.

🔷 더 읽어보면 좋을 작품

《안티고네》, 소포클레스

《안티고네》는 오이디푸스의 딸 안티고네가 왕 크레온의 명령을
어기고 오빠를 신의 법에 따라 매장해 사형을 선고받고, 끝내 자
결하는 비극적 이야기를 담고 있다. 《오이디푸스 왕》과 《안티고
네》 모두 비극의 주인공이 자신의 신념이나 운명에 의해 파멸에
이른다. 신의 법과 인간의 한계, 가족과 정의를 주제로 부조리한
현실에서 개인의 신념이 좌절되는 슬픔을 세세하게 보여준다. 오
이디푸스가 운명과 자기 정체성을 파헤치다 참회하며 몰락했다
면, 안티고네는 신념과 양심을 지키다 죽음을 맞이하는 주체적 인
물이다. 한 작품은 인간 대 운명(신)의 갈등을, 다른 한 작품은 개
인의 양심 대 국가의 법질서라는 대립을 보여준다. 두 작품을 함
께 읽으면 인간의 운명, 자유의지, 정의와 가족애, 그리고 참회와
성장의 의미를 깊이 있게 성찰할 수 있다.

한 걸음 더, 탐구 주제

◈ **사회 연계 – 공동체와 신뢰, 그리고 책임**

세상과 단절된 채 혼자 살아간다면 어떤 일이 발생할까?

◈ **과학 연계 – 원인과 결과, 자연의 법칙**

100년, 200년 뒤에는 우리가 사는 환경이 또 어떻게 달라질까?

◈ **수학 연계 – 반복과 패턴**

반복되는 실수에서 규칙을 찾는다면 문제를 해결할 수 있을까?

◈ **철학 연계 – 존재의 인식의 의미**

변화가 없다면 깨달음 자체에 의미가 있을까?

베니스의 상인, 셰익스피어

베니스의 젊은 귀족 바사니오는 부유하고 아름다운 벨몬트의 상속녀 포샤에게 마음이 있었지만 빚 때문에 청혼할 엄두가 나지 않았다. 바사니오는 친구이자 부유한 상인인 안토니오에게 도움을 청하고, 안토니오는 기꺼이 그를 돕고자 한다. 안토니오는 당장 가진 현금이 없어 유대인 고리대금업자 샤일록에게 돈을 빌린다. 그간 안토니오에게 모욕과 경멸을 당해 온 샤일록은 이자를 받지 않는 대신 독특한 계약을 제안한다. 정해진 기한 내에 빚을 갚지 못하면 안토니오의 가슴 부위 살 1파운드를 베어내겠다고 계약서에 명시한 것이다. 안토니오는 자신의 배들이 돌아오면 금방 돈을 갚을 수 있었기에 이 잔인한 계약에 응하고, 바사니오는 빌린 돈으로 포샤가 있는 벨몬트로 떠난다. 하지만 얄궂게도 안토니오의 모든 배가 난파되었다는 소식이 들려오고, 샤일록에게 빚을 갚을 수 없게 된다. 냉혹한 샤일록은 계약대로 안토니오의 살을 가져가겠다며 베니스 법정에 소송을 제기한다. 이 소식을 들은 바사니오는 결혼을 앞둔 포샤를 뒤로하고 절친을 구하기 위해 급히 베니스로 향한다.

　남편이 된 바사니오와 그의 친구의 위급한 상황을 알게 된 포샤는 법학박사 발타자르로 위장하고, 하녀 네리사도 서기로 변장해 베니스 법정에 나타난다. 명재판관으로 등장한 포샤는 샤일록에게 계약대로 살 1파운드를 가져갈 수 있다고 허락하지만, '피를 한 방울도 흘려서는 안 된다'고 못박는다. 또한, 만약 피를 흘리거나 1파운드보다 더하거나 적은 살을 베어낸다면 샤일록의 모든 재산을 몰수하고 엄한 처벌을 내리겠다고 덧붙인다. 피를 흘리지 않고 살만 베는 것이 불가능하다는 걸 깨달은 샤일록은 결국 소송을 포기하고 모든 권리를 잃게 된다. 극적으로 난파되었던 안토니오의 배들이 무사히 돌아왔다는 소식까지 들려오며, 행복한 결말을 맞이한다.

🔵 Q&A로 알아보는 《베니스의 상인》

Q 안토니오가 바사니오를 위해 위험을 무릅쓰고 돈을 빌려준 이유는 무엇이며, 이것이 주는 철학적 의미는 무엇인가?

A 안토니오는 친구 바사니오에 대한 깊은 우정과 헌신으로 자신의 안전과 생명을 기꺼이 내놓는다. 이는 인간관계에서 '책임'과 '희생'의 가치를 드러내며, 서로에 대한 신뢰와 사랑이 삶을 인간답게 만드는 본질임을 상징한다. 철학적으로는 '타자에

대한 책임'과 '자신을 넘어선 윤리적 결단'을 강조하는 윤리 사
상과도 연결된다.

**Q 샤일록이 끝내 재산을 몰수당하고 패배하는 장면은 어떠
한 상징성을 갖는가?**

A 샤일록이 자신의 권리인 '가슴살 1파운드'와 재산을 몰수당하
는 장면은 단순한 승패의 문제를 넘어선다. 이는 당대 사회에
서 유대인과 소수자가 겪는 배제와 차별, 법이라는 이름으로
자행되는 불평등과 억압을 상징한다. 샤일록은 자신이 사회에
서 소외되고 틀에 갇힌 '타자'임을 드러내며, 정의와 자비가 공
존하지 못하는 현실의 모순을 보여준다. 현대인의 시각에서
보면 부당함을 느끼는 건 오히려 샤일록이다.

🔷 고전, 다양한 주제와 만나다

《베니스의 상인》 × 《큰 수의 법칙》

"배 한 척이 무사히 돌아올 확률, 손실 확률 등과 직접 맞닥뜨려야
했다."

큰 수의 법칙은 어떤 실험이나 행동을 여러 번 반복할수록 실제로 관찰한 결과의 비율이 미리 계산한 확률에 점점 가까워지는 법칙이다. 예를 들어 동전을 한두 번 던지면 앞면이 계속 나올 수도 있지만, 100번, 1,000번, 10,000번처럼 많이 던질수록 앞면이 나오는 비율은 50%에 가까워진다. 마찬가지로 주사위를 여러 번 굴려도 각 숫자가 나오는 빈도가 이론적인 6분의 1에 점점 가까워진다. 이 원리는 우리 생활에서 우연히 일어나는 사건을 이해하고, 미래를 예측하거나 계획을 세우는 데 매우 중요하다. 보험이나 게임, 과학 실험처럼 반복이 많은 분야에서 특히 많이 활용된다. 즉, 실험이나 시도를 계속 반복하면 관찰된 결과가 이론 확률과 비슷해지고, 그래서 확률에 대한 신뢰도 높아지게 되는 것이다. 완벽하게 일치하지는 않지만, 시도 횟수가 많을수록 결과가 이론에 놀라울 만큼 가까워지는 경험을 할 수 있다.

《베니스의 상인》 × 《사회 질서와 윤리적 판별》

"힘과 권위만으로는 진정한 정의가 완성될 수 없으며, 자비가 더해질 때 비로소 권력이 진정 귀한 것이 된다."

사회는 법과 규칙이라는 질서 위에서 운영되지만, 인간 공동체가 조화롭게 지속되기 위해서는 단순한 규칙만이 아니라 인간적 배려와 윤리적 판별이 반드시 필요하다. 《베니스의 상인》에서 포샤의 판결은 법이 요구하는 엄격함과 자비가 요구하는 따뜻함이 어떻게 균형을 이루어야 하는지 잘 보여준다. 단순히 규칙만을 따지다가 공동체의 신뢰와 인권이 훼손될 수 있고, 반대로 무분별한 관용은 사회 질서를 해칠 수 있기 때문이다. 따라서 진정한 정의는 법률적 잣대만이 아니라 각 상황의 맥락과 사람의 사정을 이해하여 올바른 판단을 내릴 수 있는 '윤리적 판별'과 함께 실현될 때 온전해진다. 이처럼 사회 질서란 법의 엄정함 안에서 자비와 배려가 깃들 때 더욱 건강하게 유지될 수 있음을, 포샤의 판결 장면이 상징적으로 보여주고 있다.

《베니스의 상인》 × 《이자율》

"안토니오는 이자를 받지 않고 돈을 빌려주어 우리 베니스의 융자의 비율을 낮추고 있다."

이자율이란 돈을 빌려주거나 빌릴 때 일정 기간 동안 원금(처음 빌린 돈) 대비 얼마만큼의 이자를 내거나 받는지를 퍼센트(%)로 나타낸 값이다. 예를 들어, 친구에게 10만 원을 1년 동안 빌려주고 1만 원을 추가로 받기로 약속했다면, 이자율은 10%(1만 원 ÷ 10만 원 × 100)가 된다. 왜 이자율이 있을까? 돈을 빌려주는 사람은 그

돈을 당장 다른 데 쓸 수 없거나 위험을 감수하기 때문에, 빌린 사람에게 이자라는 보상을 받는다. 반대로 돈을 빌리는 사람은 지금 필요한 돈을 얻는 대신 나중에 이자를 더해 갚아야 한다. 이자율의 종류에는 명목이자율과 실질이자율이 있다. 명목이자율은 단순히 계약상 약속된 이자율(예: 1년 5%)이며, 실질이자율은 실제로 얻는 이익에서 물가 변동(인플레이션)을 뺀 이자율이다. 일상생활에서는 은행에 돈을 맡기면 이자를 받게 되고, 은행에서 돈을 빌릴 때도 이자를 내게 된다. 또한 구매할 때 할부로 여러 번 나눠 내는 경우에도 이자율이 적용된다. 한마디로 정리하면, 이자율은 돈을 주고받을 때 얼마만큼 이자를 내거나 받는지 정하는 '돈의 가격'과 같은 개념이다. 예금, 대출, 투자 등 생활 속에서 아주 자주 접하는 중요한 경제 개념이다.

🔷 더 읽어보면 좋을 작품

《레 미제라블》, 빅토르 위고

앞서 추천한 《레 미제라블》을 이쯤에서 다시 한번 살펴보고자 한다. 두 작품 모두 정의와 자비, 법과 인간성의 갈등을 다룬다는 점에서 닮았다. 포샤와 장발장처럼 주인공들은 각자의 선택과 용서를 통해 법과 정의가 항상 일치하지 않음을 보여주며, 사회적 소외와 편견이라는 주제를 중요하게 다룬다. 샤일록과 장발장 모두 주류 사회로부터 차별받는 위치에 서 있으면서, 각자의 삶과 행동을 통해 인간에 대한 시선이 변화하고 성장할 수 있음을 전한다. 이처럼 두 작품은 한 사람의 용기와 선택이 주변과 사회, 그리고 자신에게 어떤 변화를 불러오는지 깊이 있게 보여준다.

그러나 두 작품의 서사 구조와 주제 표현에는 확연한 차이가 있다. 《레 미제라블》은 불평등, 혁명, 구원 등 커다란 사회 문제와 개인의 성장, 선행, 용서의 반복이라는 방대한 스케일로 전개된다. 반면 《베니스의 상인》은 법정과 개인 간의 갈등이 극적으로 펼쳐지고, 판결과 정의 그리고 인물의 선택에 따른 인간성의 온도가 중심에 놓인다. 포샤가 법과 자비 사이에서 결단을 내리는 순간이 작품의 클라이맥스라고 볼 수 있다. 즉, 두 작품은 비슷한 주제를 다루면서도 서사의 크기와 변화를 그려내는 방식이 각기 다르다.

한 걸음 더, 탐구 주제

◈ **사회 연계 – 진실과 용기**

아무도 모르고 있는 진실을 말하기 위해서는 어떤 용기가
필요할까?

◈ **과학 연계 – 운명과 과학적 규칙**

운명을 과학의 힘으로 바꾸어놓을 수 있을까?

◈ **수학 연계 – 자료 분석**

실제 데이터를 기반으로 나의 예측을 검증해 볼 수 있을까?

◈ **철학 연계 – 자유의지**

예기치 않은 결과를 피해 가려면 어떤 선택을 해야 할까?

노인과 바다, 어니스트 헤밍웨이

쿠바 아바나의 작은 어촌에 사는 노인 산티아고는 84일 동안 단 한 마리의 물고기도 잡지 못한다. 그의 유일한 친구이자 조수였던 어린 마놀린은 노인의 불운 때문에 다른 배로 옮겨 가지만 마놀린은 여전히 노인을 따뜻하게 챙기며 깊은 존경심과 애정을 보인다. 노인은 기필코 대어를 잡으리라 다짐하며 평소보다 훨씬 먼 바다로 나간다. 이틀 밤낮을 노를 저어 도착한 깊은 바다에서 그는 거대한 청새치와 조우한다. 청새치는 상상을 초월하는 크기로, 노인의 작은 배를 끌고 먼 바다로 나아간다. 노인은 온몸으로 낚싯줄을 지탱하며 청새치와 사투를 벌였고, 이 과정에서 노인의 손이 피로 물들고 몸은 만신창이가 된다. 노인은 거대한 청새치를 단순한 먹잇감이 아닌 존경의 대상이자 형제처럼 여긴다. 지치고 고통스러운 상황에서도 그는 물고기에 대한 깊은 경외심을 잃지 않는다.

사흘째 되는 날, 청새치는 지쳐 배 주변을 돌기 시작하고 노인은 최후의 힘을 짜낸다. 마침내 작살로 청새치를 찌르고 오랜 사투를 끝낸다. 청새치를 배 옆에 묶고 기진맥진한 채로 고향을 향해 돌아오기 시작한다. 그러나 피 냄새를 맡은 상어 떼가 청새치를 공격하기 시작하고 노인은 작살, 칼, 노 등을 이용하여 상어 떼와 필사적으로 싸운다. 그는 첫 번째 청상아리부터 다섯 마리의 상어를 죽이지만, 상어 떼는 끊임없이 달려든다. 결국 청새치의 살은 모두 상어에게 뜯어 먹히고, 배에는 거대한 뼈대만 남는다. 노인은 상어를 물리쳤지만, 청새치를 온전히 지켜내지 못한 것에 대한 죄책감을 느낀다. 이른 아침, 노인은 지친 몸을 이끌고 뼈대만 남은 청새치와 함께 마을로 돌아온다. 사람들은 노인의 위대한 싸움과 불굴의 정신에 감탄하고, 노인은 비소로 잠이 든다.

◉ Q&A로 알아보는 《노인과 바다》

Q 산티아고가 거대한 청새치와의 싸움을 통해 보여주려는 인간의 본질은 무엇일까?

A 산티아고는 거대한 청새치와의 오랜 싸움을 통해 인간의 불굴의 의지와 끈질긴 투쟁 정신을 생생하게 보여준다. 이 싸움은 단순한 어부와 물고기의 대결을 넘어, 한 인간이 한계와 맞서 싸우는 고독한 싸움의 상징으로 그려진다. 청새치와의 싸움은 마치 동등한 상대와 맞서는 것 같으며, 이는 인간이 자연 속에서 자신의 존엄성을 지키며 살아가는 모습을 상징한다. 또한 산티아고는 자신의 육체적 한계와 고통을 견뎌내며, 삶의 의

미와 자기 존재의 본질을 탐구하는 과정을 보여준다. 이 과정에서 사람은 외부 환경과 싸우는 동시에 내면의 강인함과 용기를 발견하며 성장하게 된다. 결국, 산티아고의 투쟁은 승패를 넘어 삶을 향한 의지와 불멸의 정신을 드러낸다.

Q 소년 마놀린과 산티아고의 관계는 소설에서 어떤 의미를 갖는가?

A 마놀린은 단순한 소년 제자를 넘어, 산티아고의 정신과 지혜를 이어받는 상징적인 존재다. 그는 노인의 오랜 경험과 불굴의 의지를 존경하며 '배움의 자세'를 지니고 있으며, 이는 세대 간 지혜와 가치의 전승을 나타낸다. 마놀린과 산티아고의 관계는 인간 존재의 연속성과 희망을 상징하며, 삶이 단절 없이 이어져 가는 모습을 보여준다. 또한 마놀린의 존재는 산티아고에게 정신적 힘과 위안을 제공하는 중요한 역할을 한다. 그들의 상호작용은 단순한 스승과 제자의 관계를 허물고 외로운 투쟁 속에서도 인간관계가 갖는 의미와 따뜻함을 강조한다. 사랑과 믿음이 인간 정신을 지탱하는 근본임을 드러내는 것이다.

《노인과 바다》 × 《초인사상》

"인간은 패배하도록 만들어지지 않았다. 인간은 파괴될 수는 있어도 패배하지는 않는다."

니체의 '초인사상'은 정해진 규칙이나 남들의 시선을 신경 쓰지 않고 자신만의 기준으로 살아가야 함을 뜻한다. 기존의 도덕이나 규칙이 꼭 올바른 것만은 아니라는 것이다. 그는 "신은 죽었다"라는 말로도 유명한데, 여기에는 남들이 만들어 놓은 낡은 규칙만 좇지 말라는 뜻이 담겨 있다. '초인'은 남들과 똑같이 살아가는 평범한 사람이 아니라, 자기 힘으로 삶의 의미를 찾고 스스로를 발전시키는 사람을 가리킨다. 남의 눈치를 보거나 대세를 무조건 따르지 않고, 자신이 옳다고 생각하는 것에 따라 행동하는 것이 중요하다고 본다. 초인은 실수나 실패를 두려워하지 않는다. 오히려 어려움이 있어도 다시 일어나서 더 나아지려고 계속 도전한다. 그래서 늘 새롭게 생각하고, 과거에 얽매이지 않는다. 결국 초인사상은 남들이 원하는 대로 사는 것이 아니라 마음속에서 원하는 삶을 스스로 만들어 가는 용기와 도전, 그리고 자신만의 가치를 찾아가는 삶을 강조하는 사상이다.

《노인과 바다》 × 《자연선택론》

"그렇다, 그는 그에게 닥친 모든 것에 대항해 싸웠다."

'자연선택론'에 의하면 동물이나 식물들이 사는 환경에 잘 맞는 특징을 가진 생물들이 다른 생물들보다 더 잘 살아남고, 더 많은 자손을 낳는다. 이 사실은 1800년대에 찰스 다윈이라는 과학자가 발견했는데 가령 어떤 숲에 검은색 나무가 많이 자라고 있다고 생각해 보자. 하얀 나방은 검은 나무 위에서 새에게 쉽게 발견되어 잡히기 쉽지만, 검은 나방은 나무에 잘 숨기 때문에 오랫동안 살아남을 수 있다. 그래서 시간이 지나면 검은 나방의 개체 수가 늘어나고, 하얀 나방은 점차 줄어들게 된다. 이처럼 자연선택은 누가 환경에 더 잘 어울리는가 하는 경쟁에서 '이기는 것'을 의미한다. 환경에 잘 적응한 생물들은 살아남을 확률이 높아지고, 그들이 낳은 자손도 그런 특징을 이어받아 다음 세대에 전해진다. 또한 동물들은 모두 조금씩 다른 성질을 가지고 태어나는데, 그중에서 특히 환경에 잘 맞는 성질을 가진 동물들이 살아남음으로써 생물의 모습이나 성질이 바뀔 수 있다. 이러한 변화를 우리는 '진화'라고 부른다.

《노인과 바다》×《현대시와 소설의 상징》

"매일이 새로운 날이다. 운이 따르면 좋겠지만, 그보다 나는 정확한 것이 좋다. 그러면 운이 왔을 때 잡을 수 있다."

'매일이 새로운 날'이라는 표현은 매 순간이 새로운 시작이자 기회임을 상징한다. '운이 따르는 것'보다 '정확함'을 더 중요하게 여기는 태도는 인간 스스로의 준비와 성실함이 성공의 전제 조건임을 시사한다. 운에만 의존하지 않고 자기 자신을 단련하며 기회를 만날 준비를 하는 '능동적 삶'을 강조하고 있는 것이다. 이와 같은 비유와 상징이 쓰인 작품으로 김소월의 〈진달래꽃〉이 있다. 이 시에서 '진달래꽃'은 이별과 희생의 상징으로, 감정과 자연이 깊게 연결되어 있다. 《노인과 바다》의 구절은 자연의 순환 속 시간을 새로운 시작의 상징으로 활용하며, 특히 인간의 의지와 준비에 방점을 둔다. 두 작품 모두 자연물과 인간 정서, 삶의 태도를 상징적으로 드러내지만 김소월은 인간 감정을, 헤밍웨이는 인간의 주체적 행위를 더 강조한다. 헤르만 헤세의 《데미안》에서도 비슷한 은유를 찾을 수 있다. 《데미안》에서 '새로운 날'과 '빛'은 주인공 내면의 성장과 깨달음을 의미한다. 헤밍웨이의 "매일은 새로운 날이다"는 계속되는 시련 속에서도 새로움과 희망을 발견하는 상징과 닮았다. 두 작품 모두 '새로움'과 '성장'을 통한 인간 존재의 내적 진화와 자기 발견을 표현하고 있다.

《생쥐와 인간》, 존 스타인벡

《생쥐와 인간》은 대공황 시기의 미국을 배경으로 조잡한 노동자들의 우정과 꿈, 그리고 현실의 냉혹함을 그린 소설이다. 주인공 조지와 레니는 자신만의 땅을 갖고 자유롭게 살겠다는 희망을 품고 떠돌이 노동자로 살아간다. 하지만 점차 현실에 부딪히며 갈등과 비극을 겪는다. 스타인벡은 힘없는 약자, 실현되지 않는 인간의 처지를 절제된 언어로 담담하게 그려낸다. 두 작품은 주인공들이 혹독한 환경에서 꿈과 존엄을 지키려 애쓴다는 공통점을 갖는다.

《노인과 바다》의 산티아고는 '바다'라는 자연과 싸우며 인간 의지와 자기 극복을 보여주고, 《생쥐와 인간》의 조지와 레니는 가난하고 불안정한 사회 속에서도 소박한 희망을 잃지 않는 삶의 의지를 보여준다. 《노인과 바다》가 고독한 개인의 내면적 투쟁과 패배하지 않는 인간 정신을 강조하는 반면, 《생쥐와 인간》은 두 인물 사이의 관계와 사회적 약자 문제에 더 초점을 둔다. 또한 헤밍웨이는 자연과 인간의 경계를 탐구하고, 스타인벡은 인간 사이의 유대와 현실의 벽을 섬세하게 그려낸다.

한 걸음 더, 탐구 주제

◇ **사회 연계 – 연대와 소외**

사회적 낙인으로부터 완전히 벗어나기 위한 방법이 있을까?

◇ **과학 연계 – 관찰과 실험**

과학에서 '운'과 '정확성'은 어떻게 균형을 이룰 수 있을까?

◇ **수학 연계 – 빈도와 확률**

노인이 오랫동안 물고기를 잡지 못한 불운의 확률은 어떻게 구할 수 있을까?

◇ **철학 연계 – 대상에 대한 연민과 존중**

인간의 극복 의지와 타자에 대한 연민은 어떤 점이 닮았을까?

1984, 조지 오웰

미래의 디스토피아 국가 오세아니아는 '당'이라는 전체주의 정당이 모든 것을 통제한다. 무소불위의 권력을 가진 지도자 '빅 브라더'가 모든 시민을 끊임없이 감시한다. 도시 곳곳에는 '텔레스크린'이 설치되어 사람들의 사생활과 생각마저 감시한다. 주인공 윈스턴 스미스는 역사를 조작하는 '진실부'에서 일하며 당의 거짓말을 접한다. 윈스턴은 당이 제시하는 끔찍한 현실에 점차 의문을 품고 반항적인 생각을 품게 된다. 그는 금지된 행동인 '일기 쓰기'를 시작하며 몰래 자신의 내면을 기록한다. 이후 윈스턴은 자신과 비슷한 생각을 가진 동료 줄리아를 만나 몰래 사랑을 키워나간다. 두 사람은 서로의 반항심을 확인하며 당의 체제에 대항하려는 의지를 다진다. 이들은 지적인 엘리트 당원 오브라이언을 믿고 지하 저항 조직 '형제단'에 가입하려 하지만 오브라이언은 사실 사상경찰이었고, 윈스턴과 줄리아는 함정에 빠져 체포되고 만다.

두 사람은 끔찍한 고문과 세뇌가 이루어지는 '애정부'로 끌려간다. 101호실에서 윈스턴은 가장 두려워하는 것을 마주하고 극한의 공포를 느끼게 된다. 끝내 줄리아를 배신하며 자신의 마음을 부인한다. 당의 세뇌로 윈스턴은 '2 더하기 2는 4'라는 명백한 진실 대신 '2 더하기 2는 5'라고 외치게 된다. 자신의 모든 독립적인 사고와 반항심을 철저히 잃어버린 윈스턴은 '빅 브라더'를 진심으로 사랑하게 되었다고 믿으며 당에 굴복한다. 이 소설은 개인의 자유와 사생활, 진실이 억압되는 극단적인 사회의 모습을 보여준다. 더불어 지배 권력이 과거를 조작하고 현재를 통제하며 미래마저 지배하려는 야욕을 경고한다. 전체주의의 위험성을 강력히 비판하며, 인간의 존엄성과 비판적 사고의 중요성을 일깨우는 작품이라고 볼 수 있다.

⏣ Q&A로 알아보는 《1984》

Ⓠ '이중사고'란 무엇이고, 소설 속에서 어떤 기능을 하는가?

Ⓐ 이중사고는 서로 모순된 두 신념을 마음속에 동시에 품고서도, 모두를 진실로 받아들이는 능력을 말한다. 예컨대 당은 "전쟁은 평화다", "자유는 노예다", "무지는 힘이다"와 같은 모순된 구호들을 내세운다. 당원들은 이런 비합리를 의심하지 않고 받아들이도록 강요받으며, 그 과정에서 현실과 거짓의 경계를 스스로 무너뜨린다. 이중사고는 권력자가 진실을 원하는 대로 조작하고, 개인이 의심하거나 반항할 틈을 완전히 없

애는 도구로 쓰인다.

Q 조지 오웰은 《1984》를 통해 어떤 사회적 경고를 전달하려 했는가?

A 특정 권력이 너무 강해지면 나머지 사람들이 자유롭게 생각하거나 말하지 못하게 될 위험성이 있다. 예컨대 언론과 정보가 정부의 마음대로 조작된다면, 진짜 진실이 무엇인지 사람들이 알아내기 어려워진다. 모두가 감시를 받고 서로를 의심하는 사회에서는 개인의 존엄성과 자유가 쉽게 무너질 수 있다. 이런 현상은 먼 미래나 특별한 나라에서만 일어나는 일이 아니라 실제 우리 현실에서도 충분히 벌어질 수 있다는 사실을 강조한다. 조지 오웰은 자유와 권리를 당연하게 여기지 말고 항상 소중하게 지켜야 한다고 말하고 싶었던 것이다.

고전, 다양한 주제와 만나다

《1984》 × 《전체주의》

"전쟁은 평화다. 자유는 노예다. 무지는 힘이다."

전체주의란 나라나 정부가 모든 권력을 쥐고 국민 한 사람 한 사람의 생각과 행동까지 철저히 통제하는 정치 체제를 말한다. 이런 사회에서는 자유롭게 말하거나 생각하는 것이 매우 어려워지며, 정부가 모든 행동과 말을 감시해 개인의 사생활과 자유를 침해한다. 특히, 강력한 한 지도자가 국가의 모든 결정을 내리고 언론과 정보를 철저히 통제하여 자신에게 불리한 내용을 완전히 삭제하거나 왜곡한다. 이로 인해 사람들은 자신의 의견을 마음껏 표현하지 못하고, 창의성과 다양성이 사라지며, 권력자가 잘못된 행동을 해도 이를 막을 방법이 없어진다. 쉽게 말해, 학교에서 선생님이 특정 색깔의 연필만 쓰게 강요하고, 다른 색을 쓰면 벌을 주는 것이다. 이처럼 전체주의는 국민 모두를 하나의 엄격한 규칙 속에 묶어 자유와 개성을 억압하는 사회라고 이해할 수 있다. 전체주의 사회에서는 개인의 자유와 다양성이 무시되고, 권력이 절대적으로 유지되는 위험한 상황이 지속적으로 발생한다.

"언어가 생각을 부패시키지만, 생각도 언어를 부패시킬 수 있다."

작품 속 '뉴스피크'는 오세아니아에서 정부가 시민들의 생각을 완전히 통제하려고 만든 특별한 언어다. 뉴스피크의 가장 큰 특징은 단어와 문장이 점점 단순화된다는 것인데, 복잡하고 깊은 생각이나 감정을 표현할 수 있는 단어를 일부러 없애버린 탓이다. 예를 들어 '나쁘다(bad)' 대신 '언굿(ungood)'이라는 아주 단순한 말을 쓰게 한다. 이런 언어를 쓰다 보면, 세밀하게 생각할 수 있는 힘이 점점 사라지게 된다. '자유', '정의', '평등' 같은 단어도 점점 없어지거나 의미가 흐릿해진다. 결국 모두가 비슷하게만 생각하고, 다르게 생각하는 것은 꿈꾸기 힘들어지는 것이다. 뉴스피크는 단어가 줄어들수록 생각이 단순해진다는 것을 단적으로 보여준다. 언어가 줄면, 뭔가 잘못되었다고 느껴도 그것을 표현할 방법이 없어지기 때문이다. 나쁜 일이 생겨도 "더블 플러스 언굿!"이라고 한 마디만 하면 된다. 소설 속 정부는 이런 언어로 시민들의 머릿속까지 지배하려고 했다. 뉴스피크에는 '말할 수 없는 것은 결국 생각할 수도 없다'라는 경고의 의미가 담겨 있다.

《1984》 × 《정보의 통제》

"누가 과거를 지배하는가가 미래를 지배한다. 누가 현재를 지배하는가가 과거를 지배한다."

권력은 여러 사람의 행동이나 생각을 다스리는 힘을 뜻한다. 예를 들어, 학교에서는 선생님이 권력을 가지며, 집에서는 부모님이 어느 정도의 권력을 가진다고 볼 수 있다. 나라는 대통령이나 정부가 큰 권력을 가지기도 한다. 이처럼 권력을 가진 사람들이 뉴스, 인터넷, 책 같은 정보를 마음대로 조절하는 것을 정보통제라고 한다. 이는 주변에서 어떤 일이 일어났는지, 무엇이 진짜 사실인지를 자유롭게 알 수 없게 만든다. 예컨대 좋은 일만 강조하고 안 좋은 일은 숨기면 모두 세상이 항상 좋은 줄로만 착각할 수 있다. 인터넷 검색이 항상 막혀 있거나 편향된 뉴스가 보도되는 것도 정보통제의 예다. 이렇게 되면 자신이 원하는 정보를 제대로 얻지 못하고, 스스로 생각할 기회도 줄어들게 된다. 정보통제를 심하게 하면, 잘못된 일이 있어도 사람들이 알지 못해서 고칠 수도 없다. 권력을 가진 사람이 자기에게 불리한 정보만 숨긴다면, 결국 모두에게 불이익이 생길 수밖에 없다. 생각을 자유롭게 말하고, 다양한 정보를 접하며, 잘못된 것은 서로 토론하며 고쳐 나가야 하는 까닭이다. 권력과 정보통제가 어떤 영향을 주는지 이해한다면 우리는 더욱 현명한 시민이 될 수 있을 것이다.

◈ 더 읽어보면 좋을 작품

《멋진 신세계》, 올더스 헉슬리

《멋진 신세계》는 올더스 헉슬리가 1932년에 발표한 디스토피아 소설이다. 미래 사회에서 인간은 시험관에서 태어나 계급별로 길러지고 쾌락과 소비, 시스템에 대한 무비판적인 복종으로 통제받으며 살아간다. 개개인의 자유와 감정, 비판적 사고는 철저히 억눌리고 모두가 '행복'을 강요받는 사회가 그려진다. 두 작품 모두 미래전체주의 사회를 다루며, 개인의 자유와 존엄이 국가나 집단에 의해 압도된다는 점에서 공통된 문제의식을 가진다. 《1984》는 감시, 언어와 사고통제(뉴스피크), 폭력적 억압 등을 통해 공포로 사람들을 지배하는 사회를 그리며《멋진 신세계》는 쾌락, 약물(소마), 유전자 조작, 조건화 교육 등 '달콤한 통제'로 사회를 유지한다.두 작품 모두 시민의 '자유로운 생각'과 '비판적 의식'이 금지된다.

《1984》에서 주인공은 억압된 시스템에 맞서다 끝내 굴복하고, 《멋진 신세계》에서는 시스템 밖의 인간이 사회에 도전하지만 사회는 그대로 유지된다. 《1984》가 고통, 감시, 두려움이 중심이라면 《멋진 신세계》는 쾌락, 안락, 무관심이 중심이다. 두 소설은 모두 인간성을 잃어버린 사회의 위험을 강조하며 '개인과 자유, 인간다움'이 어떻게 사라질 수 있는지 각각 다른 방식으로 보여준다.

한 걸음 더, 탐구 주제

◇ **사회 연계 – 시민의 권리와 정치 권력의 교체**
권력자가 자신의 사상을 시민들에게 주입하려 한다면 어떤 문제가 발생할까?

◇ **과학 연계 – 고도의 기술 발달**
사람의 마음까지 읽어내는 기술이 개발된다면 사회에는 어떤 혼란이 생길까?

◇ **수학 연계 – 객관적 판단의 중요성**
사고력을 잃은 집단이 거대해지면 소수에게 어떤 영향이 미칠까?

◇ **철학 연계 – 실천적 이성과 도덕적 책임**
자신이 거짓말을 하면서도 그 행동이 옳다고 믿는다면 어떤 문제가 생길까?

프랑켄슈타인, 메리 셸리

재능 넘치는 젊은 과학자 빅터 프랑켄슈타인은 생명의 비밀을 탐구한다. 그는 신의 영역에 도전하여 죽은 시체 조각들을 모아 새로운 생명체를 창조하려는 야망을 품는다. 마침내 그는 거대하고 흉측한 모습을 한 생명체, '괴물'을 탄생시킨다. 하지만 빅터는 자신의 창조물이 너무 끔찍하여 경악하고, 괴물을 버려두고 도망쳐버린다. 세상에 홀로 남겨진 괴물은 인간들에게 끊임없이 거부당하고 고통받는다. 괴물은 인간의 언어와 지식을 배우며 세상에 대한 이해를 높이지만, 여전히 버림받은 느낌을 지울 수가 없다. 괴물은 자신을 창조한 빅터를 찾아가 자신을 이해해달라고 간청한다. 괴물은 자신과 같은 또 다른 존재를 만들어 외로움에서 벗어나게 해달라고 요구한다. 빅터는 마지못해 두 번째 창조를 시작하지만, 또 다른 괴물이 탄생할까 두려워 계획을 포기한다.

이에 분노한 괴물은 빅터에게 복수를 다짐하며 그의 주변 사람들을 하나둘씩 살해한다. 빅터의 어린 동생 윌리엄과 무고한 하녀 저스틴이 괴물의 손에 희생당한다. 이어 빅터의 가장 친한 친구 클레르발마저 살해되며 빅터는 깊은 절망에 빠진다. 괴물은 빅터의 결혼식 날 밤, 그의 신부 엘리자베스마저 잔인하게 죽여 복수를 완성한다. 빅터는 자신의 창조물 때문에 사랑하는 모든 것을 잃고, 괴물을 쫓아 북극까지 추격한다. 극한의 추위 속에서 괴물을 뒤쫓던 빅터는 결국 병을 얻어 죽음에 이른다. 괴물은 빅터의 시신 앞에서 자신의 비극적인 삶과 외로움에 대해 슬퍼하며, 자신이 저지른 파멸의 대가로 스스로 세상에서 사라지겠다고 말한다.

🔵 Q&A로 알아보는 《프랑켄슈타인》

Q '괴물'이라는 존재는 인간성에 대해 어떤 질문을 던지는가?

A 괴물은 처음부터 악한 존재가 아니라, 오히려 따뜻한 마음과 선의를 가진 존재로 탄생한다. 그는 자신이 느낀 외로움과 사랑에 대한 갈망, 인간과 교류하고 싶은 욕구 등을 표현하며 인간다움의 본질이 무엇인지 탐구한다. 하지만 사회로부터 끊임없이 거부당하고, 자신의 외모로 인해 편견과 두려움, 차별을 겪으며 점차 절망과 분노로 물들어간다. 이러한 변화를 통해 선과 악이 타고나는 것이 아니라 개인이 속한 환경과 사회적 경험, 타인의 시선과 대우에 의해 형성된다는 사실을 드러낸다.

Q **빅터와 괴물의 관계는 어떤 양면성을 보여주는가?**

A 빅터 프랑켄슈타인과 괴물의 관계는 단순히 창조자와 피조물의 관계를 뛰어넘어 서로를 비추는 거울과 같다. 빅터는 과학적 욕망에 집착하지만, 자신이 창조한 존재에 대한 책임은 피한다. 반면 괴물은 처음에는 순수함과 선의를 지녔으나 거듭된 거절과 고통으로 인해 점차 복수심과 분노에 이른다. 두 인물 모두 깊은 외로움과 고립감을 느끼며, 상대방에 대한 이해 대신 오해와 증오를 키워간다. 특히 고통에서 비롯된 복수심에 의해 행동하는 자신의 모습을 발견한다. 이처럼 빅터와 괴물은 서로 다른 출발점에서 시작하지만, 점차 서로 닮아가며 인간 내면의 선과 악, 희망과 절망, 창조와 파멸이라는 양면성을 보여준다.

고전, 다양한 주제와 만나다

《프랑켄슈타인》 × 《성선설》

"나는 선하고 친절했으나, 불행이 나를 악마로 만들었다."

장자크 루소는 자연 상태의 인간은 순수하고 착하며, 동료애와 자기애를 바탕으로 서로 도우며 평화롭게 살아가는 존재라고 말한다. 루소에 따르면 인간의 타고난 본성은 선하기 때문에 인간이 악해지는 것은 사회 환경이나 문명, 특히 불평등한 사회 구조와 교육 등 외부 요인으로 인해 타락한 결과다. 즉, 인간은 '조물주의 손에서 나올 때' 모두 선했으나 성장 과정에서 여러 환경에 의해 악한 행동을 하게 된다는 것이다. 이러한 관점에서 루소는 자연으로 돌아가는 교육과 사회 개혁을 통해 본래의 선한 본성을 회복할 수 있다고 보며, 순수한 '자연 상태'를 이상적인 상태로 여긴다. 루소의 성선설은 다음과 같은 핵심 내용을 담고 있다. 인간은 본래 선한 존재로 태어나며, 문명과 사회적 환경 때문에 악이 생겨난다. 자연 상태의 인간은 순수하고 평화로운 존재다. 교육과 사회 제도의 변화를 통해 본래의 선함을 회복할 수 있다. 이 이론은 인간 본성에 대한 맹자의 성선설과 맥을 같이하며 도덕과 윤리 교육, 사회 환경의 중요성을 강조한다.

《프랑켄슈타인》 × 《윤리적 책임》

"너는 나를 살인자로 고발하지만, 너 역시 만족스러운 양심으로 너의 창조물을 파괴하려 하지 않는가?"

AI나 로봇 등의 기술이 빠르게 발전하고 있다. 자율주행 자동차는 운전자 없이도 스스로 길을 찾아가며 움직일 수 있다. 그런데 만약 이 자동차가 사고를 낸다면, 누구에게 책임을 물어야 할까? 이때 '윤리적 책임'이 매우 중요하다. 기술을 만드는 사람들은 단순히 편리하고 멋진 기능만 생각하는 것이 아니라 그 기술이 사람들에게 어떤 영향을 끼칠지도 깊이 고민해야 한다. 예컨대 친구들과 소통할 수 있는 소셜미디어 앱을 만들 때는 소외감에 따른 안전장치를 반드시 마련해야 한다. 과학자나 발명가는 새로운 기술을 만들기 전에 윤리적으로 올바른지 신중하게 따져보아야 한다. 기술이 발전할수록 그 힘은 더욱 커지기 때문에 잘못 사용되면 큰 피해가 발생할 수도 있다. 기술발전이 모두에게 이롭게 작용하려면 그 기술을 만든 사람과 사용하는 사람 모두 책임감 있게 행동해야 한다. 기술은 우리 생활을 편리하게 만들지만 잘못 사용할 경우 여러 문제가 발생할 수 있다는 사실을 잊지 말아야 한다. 결국 기술과 윤리는 함께 가야 하며, 기술발전 뒤에 숨겨진 책임을 항상 생각해야 한다.

《프랑켄슈타인》 × 《타자로서의 존재》

"나는 어디서나 환희를 보지만, 나만이 돌이킬 수 없이 배제되었다."

'타자로서의 존재'란 쉽게 말해, 어떤 사람이 사회에서 다른 사람들과 다르거나 소외되어 '나'가 아닌 '다른 사람'으로 여겨질 때를 말한다. 학교에서 친구들과 잘 어울리지 못하거나 따돌림을 당하는 학생이 있다고 가정하자. 이때 그 학생은 자신을 별개의 존재로 느끼며 주변 사람들의 시선을 의식하게 된다. 사회 속에서 '나'라는 개인이 인정받지 못하고 '타인'으로 분리될 때, 그 사람은 더 큰 소외감을 느낀다. 이는 단순한 외로움을 넘어 한 사람의 정체성을 벼랑 끝으로 내몬다. '타자로서의 존재'는 우리가 다문화 사회나 장애인, 소수자 문제를 이해할 때도 매우 중요하게 활용되는 개념이다. 사회가 다양성을 인정하지 않고 차별하거나 배제할 때 사람들이 '타자'가 되기 때문이다. 그래서 '누구나 소중한 존재'라는 점을 잊지 않는 태도가 필요하다. 나와 다르다고 해서 무시하거나 배척하는 것은 불공평하고 아픈 일이다. 우리는 서로 다름을 인정하며 존중하는 법을 배워야 한다. '타자로서의 존재'를 제대로 이해하는 것은 더 나은 사회를 위해 꼭 필요한 마음가짐일 것이다. 함께 살아가는 세상에서 누구도 소외되지 않고 행복할 수 있도록 서로를 바라보는 눈을 키워야 한다. 자신이 '타자'로 느껴질 때 그 아픔을 이해하고 주변 사람들이 그런 마음을 갖지 않도록 돕는 자세도 중요하다. 결국 '타자로서의 존재'를 인식하는 것은 우리 모두가 더 따뜻하고 평등한 세상을 만드는 첫걸음이 된다.

《지킬 박사와 하이드》, 로버트 루이스 스티븐슨

《지킬 박사와 하이드》는 한 인간 안에 내재된 선과 악의 이중성을 다루는 고전이다. 지킬 박사는 자신의 악한 본성을 분리하려다가 극도로 이기적이고 잔인한 하이드의 삶을 살게 되고, 억제되지 못한 욕망과 내면의 싸움은 결국 비극을 낳는다. 두 작품은 모두 19세기 영문학의 대표적인 고딕 소설로서, 과학적 실험이 인간에게 미치는 파괴적 결과와 자아의 분열, 소외, 인간 내면의 선악 등 심층적 인간 본성에 대한 질문을 던진다. 또한 창조자(지킬, 빅터 프랑켄슈타인)와 그 결과물(하이드, 괴물)의 비극적 대립을 그린다는 공통점을 가진다.

《프랑켄슈타인》이 창조와 책임, 사회에서 소외된 존재의 고통에 초점을 맞추는 데 반해, 《지킬 박사와 하이드》는 한 인물의 내부에서 벌어지는 선악의 내적 갈등에 집중한다. 전자는 사회와의 관계를 중심으로, 후자는 개인의 심리와 내부 분열을 핵심 갈등으로 삼는다는 차이를 보인다. 더불어 괴물은 환경에 의해 '타자'가 되고 소외되는 반면, 하이드는 스스로의 본성에 이끌려 악에 빠진다는 존재론적 차이도 드러난다. 이 두 작품은 인간의 본성과 윤리, 과학적 책임, 선과 악 등에 대해 현대사회에 중요한 질문을 제기하며, 고전문학을 통해 깊이 있는 사유를 경험하도록 돕는다.

한 걸음 더, 탐구 주제

◇ **사회 연계 – 인간 본성과 사회적 소외**
사회에서 소외된 사람들에게 우리가 할 수 있는 일은 무엇일까?

◇ **과학 연계 – 창조자와 피조물의 관계**
과학자 또는 연구자와 기술 사이에는 어떤 윤리적 관계가 성립되어야 할까?

◇ **수학 연계 – 질서와 경계, 규칙성**
생명을 만들어내는 과정에서 수학의 개념이 필요할까?

◇ **철학 연계 – 인간의 의지**
인간의 선이나 악은 오직 환경에 의해서만 결정되는 것일까?

이반 일리치의 죽음, 톨스토이

이반 일리치는 법원 판사로서 겉으로 보기에 성공적인 삶을 살아간다. 그는 완벽한 직장과 아름다운 아내, 자녀들까지 갖추며 모두가 부러워할 만한 위치에 오른다. 하지만 그의 삶은 오직 사회적 지위와 타인의 시선을 신경 쓰는 가짜 행복으로 가득하다. 결혼 생활 역시 표면적으로만 평화로웠을 뿐, 형식적으로만 유지된다. 어느 날, 이반은 새로 이사한 집을 꾸미던 중 옆구리를 다친다. 처음에는 대수롭지 않게 여겼지만, 이 작은 사고 이후 원인 모를 통증에 시달리기 시작한다. 병원에 가도 의사들은 정확한 병명을 말하지 못하고, 그의 병세는 점점 더 악화되어 간다. 이반은 죽음이 자신에게 찾아오고 있음을 서서히 깨달으며 극심한 고통과 함께 엄청난 공포를 느낀다. 살기 위해 온갖 치료법을 찾지만 육체적 고통은 날마다 더해질 뿐이었다. 가족들은 그가 죽어가는 사실을 외면하고, 그의 고통을 마치 자신들에게 방해가 되는 것처럼 생각한다.

이반은 세상에 홀로 남겨진 듯한 외로움과 자신에게 아무도 진심으로 대해주지 않는 현실에 절망한다. 그의 곁에서 유일하게 진심을 다해 간병하는 사람은 하인 게라심뿐이다. 게라심의 순수한 보살핌 속에서 이반은 비로소 자신이 살아온 삶을 되돌아보게 된다. 그는 자신이 추구해 왔던 성공과 명예, 그리고 겉치레뿐인 삶이 얼마나 헛된 것이었는지 깨닫는다. 과거의 모든 행동과 선택이 오직 이기적이고 거짓된 목적을 위한 것이었음을 깨닫고 큰 후회에 빠진다. 마지막 순간, 이반은 고통 속에서 자신의 평생이 끔찍한 거짓으로 이루어졌음을 직시한다. 고통의 끝에서 그는 갑자기 환한 빛을 보고, 죽음에 대한 모든 공포와 분노가 사라지는 것을 느낀다. 대신 사랑과 연민의 감정이 솟아나며, 가족에게 마지막 용서를 전하고 죽음을 기쁘게 받아들인다.

Q&A로 알아보는 《이반 일리치의 죽음》

Q 가족과 주변 인물들의 태도는 왜 이반에게 더 큰 고통이 되었을까?

A 이반 일리치가 병에 걸려 죽음이 다가오는 동안, 그의 가족과 동료들은 그의 고통을 진심으로 이해하거나 공감하지 않았다. 아내는 남편의 병을 불편한 집안일 정도로 여기며 자신의 사회적 체면과 생활에만 신경 썼고, 딸과 사위 역시 이반의 고통보다는 자신의 일상에 더 큰 관심을 뒀다. 동료들은 이반의 자

리를 누가 차지할지 계산하며 무심하게 그의 곁을 떠나버린다. 이러한 주변의 태도는 이반에게 자신이 원하는 따뜻한 위로나 위로의 말 한마디조차 받을 수 없다는 사실을 절실히 깨닫게 했다. 결국 가족과 지인들의 무관심과 이기심은 이반에게 극도의 외로움과 소외감을 안겼고, 죽음을 목전에 둔 그에게 더욱 참혹하고 깊은 고립감, 그리고 존재의 이유에 대한 의문을 안겨주었다.

Q 하인 게라심의 역할은 무엇이며, 이반에게 어떤 존재였는가?

A 게라심은 이반의 집에서 일하는 하인이었지만, 주변의 가족이나 동료들과 달리 이반의 고통을 진심으로 이해하고 동정했으며 실제로 그를 물심양면으로 돌봐주었다. 게라심은 몸이 불편한 이반을 위해 수고를 마다하지 않았고, 이반의 부탁이나 고통스러운 요구도 주저하지 않고 받아들였다. 그는 이반의 아픔을 숨기거나 회피하지 않고 자연스러운 일로 받아들였으며, 거짓이나 위선 없는 진솔함으로 이반을 대했다. 이러한 게라심의 태도는 이반에게 큰 위안과 평안을 주었으며, 진정한 행복은 물질적 성공이나 사회적 지위가 아닌 타인을 향한 배려와 인간적인 따뜻함 속에 있음을 깨닫게 했다.

《이반 일리치의 죽음》 × 《삼단논법》

"카이사르는 인간이다. 인간은 죽는다. 고로 카이사르는 죽는다. 그런데 나는 다르다고 생각했다. 내가 죽어야 한다니, 있을 수 없는 일이다."

'삼단논법'은 고대 그리스 철학자 아리스토텔레스가 논리적으로 올바른 추론 방식을 체계화한 대표적인 형식 논리다. 기본 구조는 두 개의 전제와 하나의 결론으로 이루어져 있는데, '대전제'는 일반적으로 모든 대상을 포괄하는 명제를 제시한다. '소전제'는 특정 대상을 대전제와 연결해 주며, 이 두 전제를 바탕으로 결론이 도출된다. "모든 인간은 죽는다(대전제). 소크라테스는 인간이다(소전제). 따라서 소크라테스는 죽는다(결론)."와 같은 구조가 대표적이다. 이 논법은 명확한 전제만 주어진다면 반드시 참인 결론에 도달할 수 있으며 논리적 사고와 토론, 과학적 연구, 법률 논증 등 다양한 분야에서 기초적 사고 도구로 활용된다. 아리스토텔레스는 이를 토대로 추상적 사고뿐 아니라 구체적인 현상 이해와 설명에 이르는 논리학의 기반을 다졌다. 전제가 참이 아닐 경우 결론도 틀릴 수 있기에, 올바른 추론을 위해서는 전제 확인이 중요하다. 삼단논법은 논리의 명확한 구조 덕에 타당성과 오류를 쉽게 파악할 수 있다. 현대 논리학과 수학의 기초 역시 이 구조에서 출발했다. 이처럼 아리스토텔레스의 삼단논법은 인간이 합리적으로 생각하고, 타당한 주장을 펼치는 데 매우 중요한 역할을 한다. 삼단논법은 오늘날까지도 학문, 윤리, 사회 전 분야에 걸쳐 중요한 사고방식으로 자리 잡고 있다.

《이반 일리치의 죽음》 × 《불교의 고(苦)》

"왜 나는 이렇게 고통스럽고 외로운가? 모두 내 곁에서 도망치고 있다."

불교에서는 인생을 살아가면서 누구나 겪게 되는 고통, 즉 '고(苦)'의 이론을 매우 중요하게 여긴다. 부처님은 사람이 삶에서 행복만을 바라는 건 불가능하며, 태어나는 순간부터 늙음, 병, 죽음 등 다양한 고통이 시작된다고 본다. 이 세상을 살아가면서 우리가 마음대로 할 수 없는 일들이 많기에 불만이나 괴로움이 생긴다고 보는 것이다. 불교에서는 이러한 고통의 원인을 '집착'으로 여긴다. 사람은 원하는 것을 얻지 못할 때 실망하고, 소중한 것을 잃게 될까 봐 두려워한다. 또, 모든 게 변하고 결국은 사라진다는 사실 때문에 불안해한다. 부처는 이처럼 모든 것이 변한다는 '무상'의 진리를 강조한다. 친구와의 관계, 건강, 재산 등 모든 것이 영원하지 않으므로 집착할수록 오히려 더 고통이 커진다는 것이

다. 따라서 불교에서는 집착을 내려놓는 연습을 강조한다. 원하는
대로 되지 않을 때도 지나친 슬픔이나 화를 내려놓는 자세가 중요
하다. 내가 겪는 고통뿐만 아니라 다른 사람들의 아픔도 이해하고
도와주는 연민의 마음 역시 중요하게 여긴다. 결국 불교의 '고(苦)'
이론은 누구나 고통을 겪지만, 그 원인을 잘 알고 현명하게 대처
한다면 마음의 평화를 찾을 수 있다는 교훈을 준다.

《이반 일리치의 죽음》 × 《쇠렌 키르케고르》

"삶과 죽음의 가장 근본적 문제는 오로지 스스로의 의지와 선택
에 달렸다."

  키르케고르는 '진정한 자기'가 무엇인지 깊이 고민한 철학자다.
그는 사람들이 사회의 기대나 남의 시선에 따라 살아가다가 진짜
자신을 잃게 된다고 말한다. 누구나 자기 안에 진짜 나, 즉 '진정
한 자기'가 있다고 여기는 것이다. 진정한 자기는 다른 사람이 만
들어주는 게 아니라 스스로 찾아야 한다고 본다. 사람은 살면서
다양한 선택의 기로에 선다. 그때마다 자신이 진심으로 원하는 것
을 스스로 물어봐야 진정한 자기를 만날 수 있다. 남들이 좋다고
하는 길이 아니라 자신에게 솔직하게 살아가는 태도가 중요하다.
키르케고르는 자신이 어떤 사람인지, 무엇을 좋아하고 바라는지

깊이 생각해야 한다고 강조한다. 때로는 외롭거나 두려울 수 있지만 그 과정을 통해 더 성숙해진다고 본다. 진정한 자기를 찾으려면 자신의 약점, 두려움, 실수도 인정하고 받아들여야 한다는 것이다. 자신을 숨기고 거짓된 모습으로 살면 진짜 행복을 느낄 수 없다. 그래서 키르케고르는 타인이 아니라 자기 자신과 대화하면서 스스로에게 솔직해야 한다고 조언한다. 이런 성찰과 용기가 삶의 '진정한 출발점'이라는 것이 이 이론의 큰 구성이다.

더 읽어보면 좋을 작품

《지루한 이야기》, 안톤 파블로비치 체호프

노교수 니콜라이가 불치병으로 죽음을 앞두고 자신의 삶과 주변 인간관계를 차갑게, 때로는 냉소적으로 회상한다. 사랑받지 못했고, 타인에게 진정 관심을 주지 못했던 삶을 되돌아보며 점점 공허함과 무의미함을 느낀다. 두 작품 모두 죽음을 앞둔 인물이 삶을 깊이 성찰하며, 사회적 성공이 마지막 순간에 진정한 위로가 되지 못함을 절실히 깨닫는다는 점에서 공통점을 지닌다. 또한 가족과 주변 인물들의 무관심과 거리감, 자기 삶에 대한 끊임없는 질문을 통해 인간 존재의 본질, 행복, 참된 관계의 의미를 날카롭게 드러낸다는 점도 닮았다.

하지만 결말과 내면의 변화에서는 뚜렷한 차이를 보인다. 《지루한 이야기》의 주인공 니콜라이는 사랑과 구원을 얻지 못한 채 고독하게 삶을 마감하는 반면, 《이반 일리치의 죽음》의 주인공 이반 일리치는 죽음을 받아들이는 과정에서 자기반성과 용서를 통해 진정한 사랑과 인간애에 도달한다. 이처럼 두 작품은 죽음과 삶을 성찰하는 깊이는 같으나 죽음을 대하는 태도와 구원의 가능성에서는 상반된 메시지를 전한다.

한 걸음 더, 탐구 주제

◇ **사회 연계 – 사회적 성공과 행복**
사회적 기준과 자신의 기준 중 무엇에 따르는 게 바람직할까?

◇ **과학 연계 – 질병과 인간의 한계**
과학이 아무리 발전해도 극복할 수 없는 인간의 한계는 무엇일까?

◇ **수학 연계 – 변화, 성장과 하강**
수학에서의 증가와 감소, 변화의 속도가 실제 내 인생이나 사회, 자연에서는 어떻게 나타날까?

◇ **철학 연계 – 죽음의 의미와 실존적 각성**
피할 수 없는 죽음이 앞에 놓여 있다면 우리는 무엇을 할 수 있을까?

이방인, 알베르 카뮈

주인공 뫼르소는 어느 날 어머니가 돌아가셨다는 전보를 받는다. 그는 장례식에서 슬퍼하지 않고 무심하게 행동하는데, 사람들은 어머니의 죽음에 슬퍼하지 않는 뫼르소를 매우 이상하게 여긴다. 장례식 다음 날, 뫼르소는 마리라는 여자와 해변에서 수영을 하며 즐거운 시간을 보낸다. 그는 이웃에 사는 레몽이라는 남자의 연애 문제에 뜻하지 않게 얽히게 되고, 레몽은 자신에게 폭력을 휘두른 아랍인에게 복수하려는 계획을 세운다. 뫼르소는 레몽의 친구로서 함께 해변가의 별장으로 휴가를 떠난다. 그곳에서 레몽과 그의 친구들은 아랍인들과 다시 대치하며 긴장감이 고조된다. 한 차례 소동이 벌어진 후, 뫼르소는 홀로 해변을 걷다가 아랍인을 다시 마주친다. 강렬하게 내리쬐는 뜨거운 태양이 뫼르소의 시야를 흐리고 정신을 어지럽게 한다. 그는 무언가에 홀린 듯 권총 다섯 발을 발사하여 아랍인을 살해한다.

뫼르소는 체포되어 살인죄로 재판을 받게 되는데 재판 과정에서 검사는 살인 행위 자체보다 뫼르소가 어머니 장례식에서 울지 않았던 것을 더 문제삼는다. 뫼르소에게 인간적인 감정이 없고 도덕성이 결여된 위험한 인물이라고 주장한 것이다. 뫼르소는 자신의 행동에 대한 일반적인 감정을 표현하지 않고, 변명도 제대로 하지 않는다. 그는 자신의 감정을 숨김없이 드러내지만, 오히려 이 때문에 사회적 편견에 부딪히고 결국 사형을 선고받는다. 사형 집행을 기다리던 중, 사제가 그를 찾아와 신의 위안을 권하며 회개할 것을 요구한다. 뫼르소는 사제의 말을 단호하게 거부하며 자신의 존재와 세상의 부조리를 온몸으로 받아들인다. 그는 사형 집행일에 많은 사람들이 자신을 증오의 함성으로 맞이하기를 바라며 삶의 마지막 순간을 맞이한다.

❂ Q&A로 알아보는 《이방인》

Q 주인공 뫼르소가 어머니의 장례식에서 슬퍼하지 않은 이유는 무엇일까?

A 뫼르소가 어머니의 장례식에서 울지 않은 이유는 단순히 감정이 메말랐기 때문이 아니다. 그저 자신의 감정을 사회적 통념이나 기대에 맞춰 연기하지 않았을 뿐이다. 그는 어머니의 죽음을 슬퍼해야 한다는 주위의 압박에도 불구하고 자신 안에서 자연스럽게 슬픔이 솟아나지 않았기에 억지로 눈물을 보이지 않았다. 사회는 보통 장례식에서 슬픔을 분명하게 드러내거나

'슬픔의 의식'을 치르는 것을 예의로 여기지만, 뫼르소는 이러한 규범에 무조건 따르지 않고 진실한 자기 자신을 지키려 한다. 이런 뫼르소의 태도는 사회적 규범과 충돌하며 결과적으로 법정과 대중의 곱지 않은 시선과 단죄로 이어졌다. 그의 솔직함은 사회로부터 '냉정하다'는 평가를 받고, 외부 사회와 점점 멀어져 끝내 '이방인'으로 남는다.

Q 재판에서 뫼르소의 살인보다 장례식에서의 감정 표현을 더 문제삼은 이유가 무엇일까?

A 재판에서는 뫼르소의 살인 동기보다 감정 표현이 더 문제시되는데, 특히 어머니 장례식에서 눈물을 보이지 않은 모습은 법정과 사회에 큰 충격을 주었다. 사회는 범죄 자체의 이유보다 슬픔이나 후회 같은 '적절한 감정'을 표출하지 않은 태도에 더 민감하게 반응한다. 이는 사회가 인간적 공감 능력과 도덕적 규범을 중시하고, 집단이 공유하는 감정 표현을 따라야 한다고 믿기 때문일지도 모른다. 법정은 뫼르소의 범죄 동기보다 사회적 규범의 불이행을 더 비난한다. 결국 뫼르소는 범죄의 본질과 별개로, 규범에서 벗어난 이방인의 존재로 여겨져 단죄된다.

고전, 다양한 주제와 만나다

《이방인》 × 《실존주의》

"나는 세계의 부드러운 무관심에 내 마음을 열었다."

실존주의는 "나는 누구인가?", "스스로의 삶을 어떻게 살아야 할까?"라는 질문에서 출발한다. 실존주의 철학자들은 인간이 정해진 운명이나 규칙에만 얽매이지 않고, 자기 삶을 자유롭게 선택할 수 있다고 생각한다. 실존주의에서는 자유를 중요하게 여기는 까닭이다. 사람은 마음만 먹으면 항상 새로운 길을 택할 수 있다. 하지만 그 자유에는 반드시 책임이 따른다. 내가 내린 결정에는 남 탓을 하지 않고 스스로 책임져야 한다고 본다. 또 실존주의는 겉모습이나 남의 평가보다 '진짜 나'의 감정과 마음, 선택이 소중하다고 말한다. 다른 사람이 시키는 대로만 살면 자기 자신을 잃어버릴 수 있다는 것이다. 그래서 실존주의자는 자신의 내면을 솔직하게 들여다보고, 삶의 의미를 스스로 찾으려고 노력한다. 가끔 외롭거나 힘들 수 있지만, 자기만의 인생을 만들어 가는 것이 실존주의의 핵심이다. 실존주의에서는 '진정성'도 중요하다. 이는 거짓 없이 남의 눈치를 보지 않고, 자기 자신에게 솔직하게 살아가는 삶의 자세를 뜻한다. 진정성 있게 산다는 것은 남이 기대하는 모습이 아니라 내가 진심으로 원하는 삶을 사는 것이다.

"법정은 내 죄와 관계없이, 내 삶과 성격에 더 주목했다."

집단의 도덕과 규범은 우리가 함께 살아가는 데 필요한 약속이나 규칙과도 같다. 같은 학교, 같은 반, 같은 사회에 속한 사람들은 서로 어울리기 위해 정해진 도덕 규범을 지키려고 노력한다. 예컨대 거짓말하지 않기, 타인 괴롭히지 않기, 질서 지키기 등 모두 집단이 중요하게 여기는 도덕적 행동이다. 이러한 약속이 있어야 서로 신뢰하고 안전하게 지낼 수 있다. 그러나 사람은 저마다 생각이나 성격, 취미, 감정이 다르고 이는 '개인의 개성'으로 취급된다. 누군가는 조용하고, 누군가는 활발하며, 좋아하거나 싫어하는 것도 다 다르다. 자신만의 감정이나 생각, 취향을 표현하는 것이 개성을 지키는 일이다. 개인의 개성은 한 사람을 특별하게 만드는데, 여기서는 서로 다름을 인정하는 태도가 중요하다. 집단의 규범만 강조하면 모두가 똑같아져야 한다는 불편한 생각을 낳게 된다. 물론, 개성을 너무 앞세워도 문제가 생길 수 있다. 그래서 집단의 약속을 존중하면서도 자신의 생각과 감정을 솔직하게 표현하는 균형 잡힌 태도가 필요하다. 나와 다른 친구를 이해하고, 때로는 내 개성을 소중히 여기면서도 집단의 규칙을 잘 따르는 것이 건강한 사회생활의 출발점이 된다.

《이방인》 × 《환경 결정론과 인간의 주체성》

"사람이란 결코 생활을 바꿀 수도 없고, 어떤 생활이든 비슷비슷하며, 또 이곳에서 생활하는 것에 불만을 느끼지 못한다."

'환경 결정론'은 사람이 어떤 선택을 하든, 결국은 환경이나 주변 조건에 영향을 받는다는 이론이다. 예컨대 추운 나라에서는 두꺼운 옷을 입고, 더운 나라에서는 얇은 옷을 입는 것처럼 주변 환경에 적응하며 살아간다는 뜻이다. 어떤 사람은 가족, 학교, 사는 도시처럼 자신을 둘러싼 환경에 영향을 많이 받는다고 느끼고 또 어떤 사람은 '나는 태어날 때부터 환경이 이래서 어쩔 수 없어'라고 말하는 사람도 있다. 인간의 주체성은 자기 인생을 스스로 선택하고 바꾸는 힘을 말한다. 아무리 환경이 어려워도 내 생각, 내 취향, 내 꿈을 지키고 노력하는 주체적인 존재라는 것이다. 환경이 모든 것을 완전히 결정짓는다면 그러한 현실로 인해 용기나 책임감을 잃을 수도 있다. 주체성을 가진 사람은 환경 때문에 힘들어도 희망을 갖고 자신의 인생을 만들어 간다. 어려운 형편에서도 꾸준히 공부하거나 새로운 친구를 만나며 변화를 꾀할 수 있는 것이다. 중요한 점은 환경과 주체성이 서로 영향을 주고받는다는 것이다. 환경 탓만 하거나 혹은 모든 걸 자신의 책임으로만 돌린다면 균형 잡힌 태도를 취할 수 없게 된다. 이렇게 환경과 주체성을 모두 이해하면 삶을 더 넓게 바라볼 수 있다.

《변신》, 프란츠 카프카

　주인공 그레고르는 평범한 세일즈맨이었으나 어느 날 아침 갑자기 거대한 벌레로 변해버렸다는 사실을 깨닫는다. 그는 가족과 사회에 대한 책임감 때문에 평소처럼 출근하려 애쓰지만 괴이한 모습 때문에 방에 갇히고 만다. 가족들은 처음엔 걱정하지만 점차 그를 짐스러운 존재로 여기고 멀리하게 된다. 그레고르는 말도 통하지 않는 벌레의 몸으로 점점 외로움과 고통에 빠진다. 결국, 가족의 냉대와 사회적 단절 속에서 점점 소외감을 느끼다 쓸쓸히 죽음을 맞이한다. 그러나 그 후 가족은 오히려 새로운 삶의 희망을 얻게 된다. 두 작품은 평범한 주인공이 갑작스럽게 사회와 가족에게서 소외되는 과정을 통해 인간 존재의 고독, 부조리, 사회 규범의 억압을 깊이 드러낸다는 공통점을 가진다.

　사회와 가족은 주인공이 정상적이지 않다는 이유로 이해와 위로 대신 배제와 단죄를 택하고, 각 작품의 주인공들은 극도의 소외와 비극적 최후를 맞는다. 《이방인》의 뫼르소는 자신의 감정에 진실하기 위해 실존적 태도로 우주의 무관심을 수용하며 죽음 앞에서 오히려 해방과 평안을 얻는다. 반면 《변신》의 그레고르는 벌레가 된 후 가족 부양의 역할마저 빼앗기고, 가족의 혐오와 방치 속에 자아가 붕괴되어 쓸쓸한 죽음에 이른다. 즉, 두 소설은 소외와 부조리의 공통된 문제의식을 지니면서도 결말에서 한쪽은 자기 존재의 수용과 해방, 다른 한쪽은 존재의 해체와 철저한 배제라는 상반된 인간상을 드러낸다.

한 걸음 더, 탐구 주제

◈ **사회 연계 – 소수자와 소외**
소수자의 의견이 존중받지 못할 때 어떤 현상이 일어날까?

◈ **과학 연계 – 자연환경과 인간의 행동**
날씨나 자연환경이 사람의 감정과 기분에 어떤 영향을 미칠까?

◈ **수학 연계 – 인과관계**
수학에서는 원인과 결과가 뚜렷한데, 왜 세상 일에는 정답이 없을까?

◈ **철학 연계 – 삶의 의미와 부조리**
진실이라는 것이 인간에게 무조건 이롭게 작용할까?

4장
서양고전
철학 윤리

지나가다가 슬쩍 봤는데, 너 아침에 또 선생님한테 혼났어?
아, 몰라 짜증나.
어쩐지, 요즘 안 혼난다 했다.
괜히 불러서 수업 태도 갖고 뭐라고 하시더라고.
맨날 엎드려서 자니까 그렇지!
대한민국 학교는 잠의 자유도 없냐?!
기본적인 건 지키고 말해. 그리고 너 오늘 또 지각해서 벌 청소 당첨이야.
엄격한 감시와 규율 속에서 어떻게 학생들이 마음 편하게 공부를 하겠냐고!

감시와 처벌, 미셸 푸코

《감시와 처벌》은 범죄자를 다루는 방식이 어떻게 변해왔는지 탐구하는 책이며, 잔인하고 공개적인 옛날의 처벌 방식에서부터 출발한다. 옛날에는 죄인을 광장에서 고문하고 처형하여 왕의 권력을 모두에게 과시했지만, 시간이 흐르면서 이러한 잔인한 방식은 사라지고 '감옥'이라는 새로운 처벌 방식이 등장한다. 푸코는 감옥이 단순히 죄수를 가두는 곳이 아니라 사람들을 훈련하고 통제하는 '규율'의 기술이라고 말한다. 이 '규율'은 개인의 행동, 시간, 공간을 아주 세밀하게 관리하여 몸을 길들이는 힘이다. 규율의 방식은 감옥뿐만 아니라 학교, 군대, 병원, 공장 등 사회 곳곳에 스며든다. 학생들의 책상 배열, 시간표, 시험 방식 등이 모두 규율을 만드는 예다. 규율은 사람들을 끊임없이 감시하고 평가하여 '정상적인 개인'을 만들어낸다.

영국의 철학자 제레미 벤담이 설계한 '판옵티콘'(원형 감옥)은 이 감시 기술의 상징이다. 판옵티콘은 중앙 감시탑에서 모든 죄수를 볼 수 있지만 죄수는 자신이 감시당하는지 알 수 없다. 그래서 죄수는 늘 감시당한다고 생각하여 스스로 행동을 조심하고 규율을 따르게 된다. 푸코는 현대사회가 거대한 감옥 체계인 판옵티콘의 원리로 작동한다고 지적한다. 이제 권력은 특정 인물의 시선이 아니라 사회 시스템 전체에 스며들어 모두를 감시한다. 사람들은 자신도 모르게 권력에 길들며, 자발적으로 감시의 대상이 되기도 한다. 이는 처벌이 더 이상 육체적인 고통이 아니라 생각과 행동을 교정하고 길들이는 기술로 발전했음을 보여준다. 푸코는 이런 '규율 권력'이 현대사회를 어떻게 통제하고 변화시켰는지 밝히고자 한다. 이 책은 우리가 사는 세상에서 권력이 어떻게 작동하고 있는지, 그리고 겉으로 보이지 않는 감시 속에서 우리가 어떻게 자유를 지킬 수 있는지에 대해 질문한다.

🏵 Q&A로 알아보는 《감시와 처벌》

Q 푸코가 감시, 규율, 자발적 복종이 현대사회 권력의 핵심이라고 주장한 이유는 무엇일까?

A 푸코는 현대 권력이 더 이상 직접적으로 신체를 때리거나 공개적으로 처벌하지 않는다고 보았다. 그 대신 감옥, 학교, 병원 등 일상 곳곳에서 사람들에게 '항상 감시받고 있다'는 느낌을 주어 스스로 규칙을 따르게 만든다고 말했다. 이런 감시는 개인이 자기 행동을 스스로 통제하도록 한다. 그래서 신체적 고

통보다 마음과 습관, 사고방식을 통제하는 권력이 더 강해졌다고 분석했다. 사람들은 자신이 복종하고 있다는 의식도 없이 점점 규칙에 순응하는 '자발적 복종' 상태에 이르게 된다. 푸코는 이처럼 감시와 규율이 사회 전체를 조용히 통제하는 방식이 근대 권력의 본질임을 강조했다.

Q 신체가 아닌 '영혼'을 겨냥하는 처벌은 어떤 의미이며, 사회에 어떤 영향을 미칠까?

A 푸코가 말한 신체가 아닌 '영혼'을 겨냥하는 처벌이란, 사람의 행동뿐 아니라 사고방식, 감정, 가치관까지 통제하려는 근대 권력의 방식을 의미한다. 이러한 처벌은 물리적 고통 대신 규칙, 감시, 평가를 통해 사람이 스스로를 감시하고 규율에 맞추게 만든다. 결과적으로 권력과 규칙이 개인의 마음속 깊이 내면화되어, 외부의 강요 없이도 자발적으로 복종하게 되는 것이다. 이런 변화로 인해 사회에서는 자유롭고 창의적인 사고보다는 순응과 규격화가 강화된다. 사람들은 자신도 모르는 사이 자신을 통제하게 되며, 비판적 사고력과 독립성이 약해질 수 있다. 결국, 권력이 일상과 정신 깊숙이 파고들어 개인의 자유와 다양성을 위협하게 되는 것이다.

《감시와 처벌》 × 《멋진 신세계의 자율적 복종》

"근대의 형벌은 신체가 아니라 영혼을 겨냥한다."

《멋진 신세계》의 시민들은 어릴 때부터 조건화 교육을 받고 쾌락, 소비, 오락에 철저히 익숙해진다. 이들은 외적인 압력 없이도 자연스럽게 사회의 규칙과 질서를 받아들이고, 자기 자신이 체제의 일부임을 받아들인다. 정부의 직접적인 감시나 폭력이 없는데도 사람들은 자유로운 사유와 반항 등을 시도할 필요조차 느끼지 못한다. 행복, 안정, 쾌락이 우선시되는 환경에서는 스스로 복종하는 것이 오히려 가장 자연스러운 행동처럼 여기는 것이다. 이러한 모습은 푸코가 말한 '자발적 복종'의 개념과 밀접하게 맞닿아 있다. 현대의 권력과 감시는 직접적인 폭력이나 강압보다 규율과 감시 시스템을 통해 진행되며, 개개인은 '감시받고 있다'는 의식 속에서 스스로 행동을 조절한다. 특히 푸코의 '판옵티콘' 개념처럼 사람들이 누가 지켜보고 있지 않아도 저절로 규칙에 순응하고 복종하게 되는 시스템이 사회 구석구석에 뿌리내리고 있다는 것이다. 두 작품 모두 외부에서 드러나는 처벌이나 겉보기에 무서운 억압이 줄어들었음에도 제도와 규칙, 쾌락과 편안함을 통해 사람들이 자기를 통제하고 복종하도록 만든다는 점을 공통적으로 지적한다. 즉, 권력은 더 이상 눈에 띄지 않으며, 사람들이 내면적으로 받아들인 규칙과 가치관을 통해 훨씬 더 넓고 강력하게 작동한다.

《감시와 처벌》× 《판옵티콘 이론》

"결국 감시를 당하는 사람은 스스로가 자신을 감시하는 상황에 이른다."

제레미 벤담의 '판옵티콘 이론'은 중앙 감시탑에서 한 명 또는 소수가 여러 사람을 언제든 감시할 수 있도록 설계된 원형 감옥 구조에 기반한다. 벤담은 이 구조를 통해 죄수들이 '항상 감시받고 있다는 느낌' 속에서 감시자가 실제로 보지 않아도 스스로 행동을 통제하게 만들고자 했다. 벤담과 푸코의 판옵티콘 이론은 모두 사람들을 감시하는 방식을 설명하지만, 그 생각과 목적에는 차이가 있다. 먼저 두 사람은 '감시의 내면화'라는 공통점을 가지고 있다. 판옵티콘이라는 특별한 구조 속에서, 감시자가 언제 자신을 볼지 모른다는 두려움 때문에 죄수나 학생이 스스로 규칙을 잘 지키게 되는 현상을 설명한다. 누가 직접 보지 않아도 감시받는다는 생각만으로도 사람들이 스스로 행동을 조심하게 된다는 것이다. 이렇게 권력은 큰 소리로 명령하거나 폭력을 쓰지 않고도 자연스럽게 사람들을 통제할 수 있다. 차이점도 분명하다. 벤담은 원래

판옵티콘을 감옥이나 학교, 병원에서 죄수나 학생, 환자들을 잘 관리하고 규칙적으로 살도록 돕는 효과적인 용도로 고안했다. 사회 질서와 효율적인 운영을 위해 좋은 방법이라고 본 것이다. 반면 푸코는 판옵티콘을 단순한 건축물이나 제도에 그치지 않고, 현대사회 전체에 숨어 있는 감시와 규율의 원리로 확장하여 해석했다. 학교, 공장, 군대 등 다양한 곳에서 사람들 스스로가 감시받고 있다고 느끼며 자발적으로 복종하는 사회현상을 날카롭게 비판했다. 더불어 이런 감시 시스템이 사람들의 자유를 점점 줄이고 창의성을 억누르며, 사회가 모두 똑같아지는 위험한 결과로 이어질 수 있다고 경고했다.

《감시와 처벌》 × 《하버마스의 합리적 의사소통》

"자발적 복종이란 자신이 복종하고 있다는 사실조차 잊어버리는 상태다."

푸코는 현대사회의 권력이 보이지 않는 곳에 숨어 사람들을 통제한다고 주장했다. 누가 지켜보지 않아도 스스로 규칙을 지키고, 내면적으로 복종하게 된다는 것이다. 반면 하버마스는 이런 '숨겨진 감시'나 '보이지 않는 권력'만이 사회를 움직이지는 않는다고 보았다. 그는 '공론장'이라고 불리는 모두가 참여하는 공개 토론의 장을 중요하게 여겼는데, 사람들이 자유롭게 의견을 나누고 민주적으로 합의하는 과정을 통해 사회가 더 나아질 수 있다고 믿은 것이다. 잘못된 제도나 규칙도 공개 토론을 통해 고쳐지고 개선될 수 있다는 입장이었다. 그래서 하버마스는 푸코가 말하는 '권력이 보이지 않게 숨어서 개개인을 조용히 통제한다'는 관점에 반대했다. 하버마스는 모든 사람이 참여해서 의견을 나누고 합리적으로 동의하는 민주적인 절차가 있다면 권력이 늘 숨겨져 있거나 우리를 통제만 하는 것은 아니라고 보았다. 정리하면, 푸코는 감시와 규율이 우리가 모르게 늘 작동해 우리의 마음까지 통제한다고 보았고, 하버마스는 공개적 토론이나 합의 및 제도 개선을 통해 권력이 더 투명해질 수 있다고 보았다. 두 이론 모두 사회를 비판적으로 바라보지만 한쪽은 감시와 통제의 위험을, 다른 한쪽은 민주적 대화와 개선의 가능성을 더 크게 신뢰했다.

더 읽어보면 좋을 작품

《화씨 451》, 레이 브래드버리

책 읽기와 자유로운 사유, 표현이 사회적으로 금지된 세상에서 소방관 가이 몬태그는 책을 불태우는 특수 임무를 맡고 있다. 사람들은 텔레비전과 빠른 일상, 단순한 정보에만 몰두하며 깊은 생각을 잃고, 국가와 사회는 독립적 사유를 단속한다. 어느 날 몬태그는 이웃 소녀와의 만남, 한 노부인의 자살 등을 계기로 책의 의미와 사회 구조에 의문을 품기 시작한다. 점차 사회의 감시와 통제를 거부한 그는 자신만의 자유를 찾아 도망치며 저항하게 된다. 두 작품 모두 사회적 감시, 통제, 규율, 자발적 복종의 현상을 날카롭게 비판한다. 《화씨 451》에서 국가는 책과 사유, 의견 교환을 봉쇄하여 시민이 자기 스스로 감시받는 존재로 변화하게 만들고, 푸코 역시 권력은 개인들이 스스로를 통제하는 규율 사회로 진화한다고 분석했다. 즉, 두 세계 모두 외적 강압보다 내면화된 감시와 사회적 규범이 사람을 조용히 통제하는 구조를 공통적으로 드러낸다.

성격이 비슷해 보이지만 차이점도 존재한다. 《화씨 451》은 주로 대중오락, 미디어, 속도와 쾌락이 비판적 사유와 책을 대체하는 현실을 풍자한다. 또한 권력이 정보와 여론 조작을 통해 시민을 정서적으로 마비시키고, 비판 능력을 제거하는 데 초점을 둔다.

반면, 《감시와 처벌》은 처벌·감옥·감시라는 제도 및 시선의 구조에 초점을 맞추며 개인의 몸과 마음, 일상 행동까지 미세하게 규율화하는 '규율 권력'으로 이를 설명한다. 다시 말해 한쪽은 문화적 통제와 자기검열을, 다른 한쪽은 일상 깊숙이 자리 잡은 권력의 구조와 내면화된 감시 체계(규율, 제도)를 보여준다.

한 걸음 더, 탐구 주제

◇ 사회 연계 – 감시와 사회의 규율
학교나 사회에 CCTV나 규칙이 없다면 어떤 일이 발생할까?

◇ 과학 연계 – 정상화와 표준화
검사, 시험 등 정해진 기준으로부터 오는 압박을 과학적으로 해결할 수 있을까?

◇ 수학 연계 – 측정과 통제
성적이나 키, 몸무게 등의 단순한 수학적 숫자가 사람에게 어떤 영향을 미칠까?

◇ 철학 연계 – 권력과 저항
사회에서 벌어진 권력의 횡포와 그것에 저항한 대표적 사례는 무엇일까?

대화, 플라톤

《대화》는 기원전 399년에 소크라테스가 법정에서 스스로를 변호하며 죽음에 이르는 과정을 주요 내용으로 다룬 플라톤의 기록이다. 소크라테스는 아테네 청년들을 타락시켰으며, 국가의 신들을 믿지 않고 새로운 신을 믿는다는 이유로 고발당한다. 고발자는 멜레토스, 아니토스, 리콘 등이다. 재판에서 소크라테스는 오래된 편견을 지닌 자와 직접 고발한 자 등 두 부류의 고발자에 각각 반론을 펼친다. 그는 "나는 내가 아무것도 모른다는 것을 안다"고 밝히며, 무지의 자각이 참된 지혜임을 강조한다. 소크라테스는 델포이 신탁을 언급하면서 자신이 진정으로 지혜로운 이유는 자신의 무지를 스스로 인식하기 때문임을 설명한다. 이를 통해 각자가 아는 척하는 태도가 문제임을 지적했는데, 법정에서조차 자신의 신념과 질문을 통한 깨우침을 포기하지 않았다. 그는 질문과 논리를 통해 상대의 허점을 지적하며, 젊은이들이 진리를 사랑하도록 이끈다.

결국 소크라테스는 사형 선고를 받지만, 목숨을 구하지 않고 오히려 자신이 국가에 공헌했으니 사형당할 이유가 없다고 주장한다. 최후 진술에서 소크라테스는 "반성하지 않는 삶은 살 가치가 없다"고 말하며, 죽음을 두려워하지 않았다. 자신의 처형은 오히려 아테네 시민에게 경고가 될 것임을 예견한다. 이후 《크리톤》 등에서 소크라테스는 친구의 탈옥 권유도 논리적으로 거절하며, '옳은 일'을 택하는 태도를 보인다. 결국 독배를 마시고 의연하게 죽음을 맞이한다. 《대화》는 소크라테스의 철학자적 태도, 자기 성찰, 논리적 반론, 그리고 진리에 대한 헌신을 가장 잘 보여주는 대표적인 플라톤의 작품이다.

⊕ Q&A로 알아보는 《대화》

Q "나는 내가 아무것도 모른다는 것을 안다"는 말의 뜻은 무엇일까?

A 소크라테스는 델포이의 신탁에서 "소크라테스가 그 누구보다도 지혜롭다"는 신의 말을 듣게 된다. 그러나 그는 이를 곧이곧대로 받아들이지 않고, 도리어 자신의 무지함에 대해 끊임없이 생각한다. 나아가 아테네에서 현명하다고 알려진 정치가, 시인, 장인들과 직접 대화를 나누며 그들 역시 실제로는 사람들이 생각하는 것만큼 많은 지식을 갖고 있지는 않다는 것을 확인한다. 이때 소크라테스는 자신과 이들 사이의 차이

점을 발견한다. 바로 그는 자신이 모른다는 사실을 정확히 자각하고 있다는 점이었다. 즉, 소크라테스는 "나는 알지 못한다"라는 자기인식에 도달했고, 이 겸허함이 진정한 지혜의 출발점임을 깨달은 것이다.

Q 소크라테스는 왜 죽음을 두려워하지 않았을까?

A 소크라테스가 죽음을 두려워하지 않았던 이유는 그의 철학적 신념, 삶과 죽음에 대한 성찰, 그리고 인간의 무지에 대한 깊은 자각이 있었기 때문이다. 그는 재판에서 유죄 판결을 받고도 신념을 굽히지 않았다. "반성하지 않는 삶은 살 가치가 없다"는 소크라테스의 선언처럼 그는 자신의 삶이 진리와 정의, 자기 성찰 위에 서 있어야 의미가 있다고 믿었다. 만약 자신의 철학이나 양심을 저버리고 단지 생명을 연장한다면, 그런 삶은 이미 살아 있는 것 자체가 가치가 없어지는 현상이라 여겼다. 자신의 신념을 지키며, 죽음을 택하는 용기를 보여준 까닭이다.

🔷 고전, 다양한 주제와 만나다

《대화》 × 《존 롤스의 정의론》

"정의란 무엇인가?"

존 롤스의 '정의론'은 '정의로운 사회란 무엇인가?'라는 질문에서 출발한다. 롤스는 사람들이 모두 공평하고 올바르게 대우받도록 만들기 위해 두 가지 중요한 원칙을 제시한다. 먼저, 자유의 원칙을 들 수 있다. 누구나 동등하게 자유를 가져야 하며, 자신이 하고 싶은 말을 할 권리, 공부할 권리, 원하는 종교를 믿을 권리가 있다고 보았다. 한 사람의 자유가 다른 사람의 자유를 침해해서는 안 된다는 점 역시 강조된다. 두 번째는 차등의 원칙, 또는 차이의 원칙이다. 사회에는 잘 사는 사람과 어렵게 사는 사람 등 다양한 차이가 존재할 수밖에 없다. 롤스는 이런 차이가 있을 때, 사회 제도가 불리한 위치에 있는 사람(약자, 가난한 사람)에게 실질적으로 도움이 되어야 한다고 주장했다. 즉, 모두가 똑같을 필요는 없지만 힘들게 사는 사람이 더 나은 삶을 누릴 수 있도록 돕는 것이 진정한 정의라는 것이다. 또한 롤스는 '무지의 베일'이라는 생각 실험을 통해 공정함의 의미를 설명한다. 사람들이 자신이 부자인지 가난한지, 남자인지 여자인지 아무것도 모르는 상태(무지의 베일)에서 사회의 규칙을 만든다고 가정해보면, 각자는 자신에게 불리한 규칙이 생길까 걱정해서 더욱 신중하게 공평한 규칙을 만들게 된다는 것이다. 이처럼 정의론은 모든 사람이 자유를 누리되, 어려움에 처한 사람도 공평하게 잘 살 수 있도록 돕자는 내용을 담고 있다.

《대화》×《비판적 자기성찰》

"반성하지 않는 삶은 살 가치가 없다."

  '비판적 자기성찰'은 스스로를 돌아보고, 자신의 생각이나 행동이 옳았는지 따져보는 과정이라고 할 수 있다. 이는 단순히 옳고 그름을 가리는 행위가 아니라 자신의 판단이나 태도를 의심해보는 자세가 필요하다는 의미다. 내가 왜 이런 생각을 했는지, 혹시 잘못된 점은 없는지 자문해 보아야 한다는 것이다. 여기서는 자신의 실수나 부족함을 솔직하게 인정하는 태도가 중요하며, 남이 시키지 않아도 '스스로 하는 것'이어야 한다. 예컨대 친구와 다투었을 때 내 행동에 문제가 있지 않았는지 돌아본다든가 시험을 망쳤을 때 시험의 난이도를 탓하기보다는 내 공부 방법에 부족한 점이 없었는지 찬찬히 점검해 볼 수도 있을 것이다. 내가 어떤 일에 대해 편견을 가졌던 건 아닌지, 편향된 생각을 한 건 아닌지 생각해 보는 것도 자기성찰의 일부다. 이렇게 스스로 점검하면 같은 실수를 반복하지 않게 되며, 더 좋은 선택을 할 수 있는 동력이 생긴다. 비판적 자기성찰은 자아를 탐구하는 데도 많은 도움이 된다. 나의 강점과 약점, 내가 진짜로 원하는 게 무엇인지 알게 된다는 것이다. 이는 삶의 지혜와도 연관이 있다. 비판적 자기성찰은 자신을 성장시키는 가장 좋은 방법 중 하나다.

"누구든 선이 무엇인지 알면서 고의로 악을 행하지는 않는다. 악은 무지에서 비롯된다."

'지행합일'은 생각이나 지식이 행동과 하나가 되어야 한다는 뜻이다. 내가 옳다고 믿는 일이 있다면, 실제로 그 믿음대로 행동해야 진짜 가치가 나타난다. 예컨대 친구와 사이좋게 지내야 한다고 생각한다면 실제로 그 친구를 배려하는 행동을 해야 '지행합일'의 의미가 성립된다. 공부가 중요하다고 말하면서 공부를 하지 않으면, 그 생각은 힘을 잃게 된다. 반대로, 올바른 일을 알고 있으면서도 행동하지 않으면 아직도 배울 게 많다는 뜻이기도 하다. 지행합일은 소크라테스나 공자 같은 과거의 철학자들이 중요하게 여긴 개념으로, 실제로 행하지 않으면 아무리 많은 지식도 쓸모가 없다고 설명하기도 한다. 지행합일을 실천하면 스스로 더 진실한 사람으로 성장할 수 있다고 본다. 그래서 작은 일부터라도 옳다고 생각한 것을 삶에 적용해 보는 연습이 필요하다. 이런 노력이 쌓이면 자존감이 올라가는 것은 물론 주변 사람들에게도 신뢰를 얻게 된다. 결국, 지행합일은 똑똑한 사람이 되는 것이 아니라 옳음을 실천하는 바람직한 사람이 되는 길이라고 할 수 있다.

《철학의 위안》, 보에티우스

《철학의 위안》은 고대 로마의 철학자 보에티우스가 정치적 음모로 억울하게 감옥에 갇힌 상황에서 집필한 저서다. 절망과 슬픔에 빠진 저자 앞에 '철학'을 의인화한 여인이 나타나 위안을 건네고, 행복, 운명, 악인의 번영과 선인의 고난 등 삶의 근본적 문제들에 대해 깊은 대화를 나누게 된다. 대화 속에서 보에티우스는 참된 행복이 물질이나 권력에 있지 않고 인간 내면의 덕과 이성에 있다는 깨달음을 얻게 되며, 운명의 변화와 인간 조건에 대해 철학적으로 고민하는 중에 내면의 평화와 위로를 찾는다.

플라톤의 《대화》와 《철학의 위안》 모두 대화체 형식을 빌려 인간 존재, 진리, 삶의 의미 같은 본질적 문제를 탐구하고 독자로 하여금 철학적 사유에 능동적으로 참여하게 한다는 공통점이 있다. 플라톤은 실제 인물들 사이의 논리적 토론과 질문·반론이 반복되는 사회적, 윤리적 진리 탐구를 중심으로 했고, 보에티우스는 억울함과 절망 속에서 '철학'과 나누는 내면적, 위안적 대화에서 개인의 구원과 존재의 평화를 강조한다. 즉, 전자는 집단적·사회적 논쟁을 통한 개방적 사유 과정이라면 후자는 개인의 고통과 운명을 성찰하는 자기 성찰적 성격이 강하다는 차이점이 있다.

◈ **사회 연계 – 시민의 자기성찰**

사회의 주인인 시민이 자기성찰을 게을리하면 어떤 문제점들이 발생할까?

◈ **과학 연계 – 실험과 검증**

알고도 실천하지 않는 습관은 어떤 작용에 의해 만들어질까?

◈ **수학 연계 – 수학적 사고**

자신이 내놓은 답을 증명하기 어려울 때 수학자들은 어디에서 해결점을 찾을까?

◈ **철학 연계 – 실천과 무지**

알면서 실천하지 않는 사람과 실천은 하는데 모르는 사람은 어떤 차이가 있을까?

국가론, 플라톤

《국가론》은 '올바름(정의)이란 무엇인가?'라는 중요한 질문에서 시작한다. 플라톤은 이상적인 국가를 세 가지 계층으로 나눈다. 첫째, 지혜를 갖춘 '철인 통치자'들이 나라를 다스린다. 둘째, 용기를 지닌 '수호자(보조자)'들이 나라를 보호하고 질서를 유지한다. 셋째, 절제심을 가진 '생산자(노동자)'들이 국가의 물질적 필요를 충족시킨다. 이 세 계층이 각자의 역할을 충실히 하고 조화를 이룰 때, 국가는 비로소 올바른(정의로운) 상태가 될 수 있다는 얘기다. 특히, 통치자와 수호자들은 어릴 때부터 엄격한 교육과 훈련을 받으며 지혜와 용기를 기른다. 국가론은 지배 계층에게 무한한 혜택이 아닌, 오히려 더 큰 책임과 의무를 강조한다. 플라톤은 이상적인 국가가 타락하는 5가지 형태의 정치 체제도 제시한다. 가장 이상적인 '철인 정치'가 무너져 명예를 중시하는 '명예 정치'로 변질된다. 이후 소수 부자들이 다스리는 '과두 정치'로 바뀌고, 모든 자유를 추구하다 질서가 무너지는 '민주 정치'로 이어진다. 결국 한 사람이 권력을 독차지하는 '참주 정치'라는 폭정의 시대가 도래한다고 경고한다.

플라톤은 '동굴의 비유'를 통해 진정한 앎과 교육의 중요성을 강조한다. 이는 사람들이 그림자를 실제라고 착각하듯, 세상의 겉모습에 속지 말고 진실을 봐야 한다는 의미이다. 국가처럼 개인의 영혼도 '이성', '기개', '욕망'의 세 부분으로 나뉘며 개인의 '이성'이 '기개'와 '욕망'을 잘 다스릴 때, 개인은 올바른 사람이 될 수 있다고 말한다. 플라톤은 이상적인 국가와 그 안에서 정의로운 개인을 통해 진정한 행복을 추구하고자 한다. 플라톤은 세상에 존재하는 국가들이 모두 완벽하지 않다고 생각했다. 이는 철학자로서 최고의 국가를 구상하게 된 까닭이기도 하다. 사람들이 각자의 역할을 잘 나눠 정의를 실현한다면 플라톤이 꿈꾼 이상 국가를 만나게 될지도 모를 일이다.

◈ Q&A로 알아보는 《국가론》

Q 플라톤이 말하는 정의의 본질은 무엇일까?

A 플라톤은 각자가 자신의 역할과 본분을 다하는 것에서 정의가 실현된다고 보았다. 국가에서는 통치자, 수호자, 생산자 등 각 계층이 본연의 임무를 충실히 수행해야 한다고 강조하며 이를 통해 사회 전체가 혼란 없이 질서와 조화를 이룬다고 주장했다. 개인의 경우에도 자신의 재능과 책임에 맞는 일을 성실히

할 때 올바른 삶을 산다고 보았다. 정의는 남의 역할을 침범하거나 본분을 벗어나지 않는 것에서 나온다고 설명한다. 결국, 정의로운 사회란 모든 구성원이 자기 일에 최선을 다하며 조화롭게 살아가는 상태라고 할 수 있다.

Q '동굴의 비유'가 뜻하는 바는 무엇일까?

A 플라톤의 '동굴의 비유'는 우리가 일상에서 경험하는 현실 세계가 진정한 실재가 아니라 이데아 세계의 불완전한 그림자임을 뜻한다. 동굴 안에 갇힌 사람들이 벽에 비치는 그림자만을 현실로 오해하는 모습으로 비유한다. 즉, 감각을 통해 인식하는 세계는 진리의 일부만을 보여줄 뿐이며, 진정한 지식은 감각 너머의 이데아를 깨닫는 데서 온다는 것이다. 그런 의미에서 '교육'은 이 동굴 밖으로 나와 진짜 빛, 참된 진리와 지혜를 발견하도록 이끄는 과정이라고 볼 수 있다. 인간은 무지의 동굴에서 벗어나 이성적 사고와 철학적 탐구를 통해 본질적 진리에 도달해야 한다. 현실 인식의 한계와 깨달음의 필요성을 강조하여 교육과 철학의 중요성을 상징적으로 보여주는 것이다.

《국가론》 × 《철인정치》

"철학자가 왕이 되거나, 왕이 철학자가 되어야 인류는 구원받을 수 있다."

철인정치는 플라톤이 《국가론》에서 주장한 이상적인 정치 형태라고 할 수 있다. '철인'이란 지혜로운 사람, 즉 철학자를 뜻한다. 플라톤은 나라를 올바르게 다스리기 위해서는 지식과 지혜가 풍부해야 한다고 말한다. 보통은 힘이 세거나 돈이 많은 사람이 왕이 되지만, 철인정치는 그런 기준이 아니라 오직 진리를 사랑하고 탐구하는 사람이 왕이 되어야 한다는 의미다. 플라톤은 철학자가 여러 해 동안 공부하고, 정의와 선(善)이 무엇인지 깊이 고민해야 나라를 위한 올바른 결정을 내릴 수 있다고 강조한다. 통치자는 자기 이익보다 나라 전체의 행복을 먼저 생각해야 하며, 사심 없이 국민 모두를 위해 행동해야 한다. 철인정치는 모든 사람이 철학자가 될 필요는 없다고 본다. 하지만 나라를 이끄는 지도자는 꼭 철학적 소양, 깊은 사유력과 정의로운 마음이 있어야 한다고 강조한다. 플라톤은 지혜와 덕목이 없는 지도자가 나라를 다스리면 결국 혼란과 불행이 올 수 있다고 경고한다. 오늘날 철인정치가 실현되기는 어렵지만, 이상적인 지도자의 조건에 대해 생각하게 만들어 준다. '지혜로운 리더십' 혹은 '도덕적 지도자'의 중요성을 강조하는 사상인 것이다.

《국가론》 × 《실재하는 세계》

"그림자에 불과한 것을 우리가 실재라고 착각하는 것이다."

플라톤은 우리가 평소에 눈으로 보는 세계와 그 너머에 존재하는 진정한 실재(이데아)를 구분했다. 보이는 세계는 우리가 감각으로 느끼는 모든 것, 즉 사람, 동물, 식물, 사물 등 변하고 사라지는 것들로 이루어져 있다. 이 세계는 날씨처럼 계속 바뀌고, 완벽하지 않다. 가령 같은 의자라도 생김새나 크기가 다 다르고, 시간이 지나면 망가지거나 사라진다. 플라톤은 이런 세상은 진짜 '참된 모습'이 아니라고 생각했다. 반면, 진정한 실재인 이데아는 감각이 아니라 이성(생각)으로만 알 수 있는 세계라고 했다. 이데아는 변하지 않고 영원히 존재한다. 우리가 머릿속으로 떠올리는 '완벽한 의자'의 모습이나 '정의'처럼 눈에 보이지 않지만 늘 그대로 있는 개념이 이데아다. 모든 실제 의자는 이 '의자의 이데아'를 흉내 낸 것일 뿐 완벽하지 못하다. 플라톤은 우리가 감각에만 의존하면 진짜 진리를 알 수 없다고 말한다. 동굴의 비유처럼, 우리는 어두운 동굴 안에서 벽에 비친 그림자만을 현실로 착각하며 살 수 있다. 하지만 공부와 생각, 철학을 통해 동굴 밖으로 나와야 진정한 세계, 즉 이데아를 볼 수 있다고 설명한다. 따라서 플라톤은 보이는 세계에만 머무르지 말고, 이성으로 진리를 탐구하는 것이 중요하다고 강조한다.

《국가론》 × 《참된 지도자의 조건》

"통치자에게 필요한 덕목은 앞날을 이끄는 지혜다."

플라톤이 생각한 참된 지도자는 단순히 힘이 세거나 돈이 많은 사람이 아니라 지혜를 가진 사람이다. 참된 지도자는 먼저 진리를 깊이 사랑하고, 항상 옳은 것이 무엇인지를 고민하는 철학자여야 한다고 본다. 그는 오랜 시간 공부하고, 정의와 선이 무엇인지 끊임없이 질문해야 한다고 강조한다. 이런 지도자는 자신의 이익보다 나라와 사람들의 행복을 더 소중히 여길 테니 말이다. 플라톤은 지도자가 지식만 많아서는 안 되고, 도덕적으로도 훌륭한 인물이 되어야 한다고 말했다. 남을 배려하고 공정하게 행동하며, 욕심을 부리지 않는 마음을 갖추어야 한다는 것이다. 이런 지도자는 결정을 내릴 때 단기적인 이익이 아닌 모두를 위한 '공익'을 생각해야 한다. 가령 눈앞의 이익이나 인기를 좇지 말고 오랜 시간 사회 전체에 도움이 되는 일이 무엇인지 고민해야 한다는 얘기다.

나아가 플라톤은 지도자가 될 사람은 오래 배우고 다양한 경험을 쌓아야 한다고 말했다. 철학, 수학, 체력, 실제 정치 경험 등 공부를 통해 현명한 판단력을 키워야 한다는 것이다. 그래야 나라가 올바른 방향으로 나아가고, 국민 모두가 더 행복해질 수 있다고 보았다. 공동체 전체를 위해 헌신하며 봉사하는 지도자의 태도와 인품이 결국 사회 전체를 더 이롭게 만들 것이다.

◉ 더 읽어보면 좋을 작품

《동물농장》, 조지 오웰

《동물농장》은 한 농장에서 동물들이 인간 농장주를 내쫓고, 동물들 스스로 규칙을 만들어 운영하는 새로운 사회에 대한 이야기다. 처음에는 "모든 동물은 평등하다"라는 이상을 내세웠지만, 점차 똑똑하고 권력욕이 강한 돼지들이 지도자로 군림하게 되면서 본래의 평등 사회는 점점 무너지고 새 지도층(돼지들)에 의해 다른 동물들이 착취당하는 사회로 변해간다. 결국 "모든 동물은 평등하지만, 어떤 동물들은 더 평등하다"라는 부조리한 명제가 현실이 되고, 동물농장은 인간 사회와 비슷하게 변질된다. 두 작품 모두 '이상적 사회'와 '정의'라는 키워드를 중심으로 공동체가 어떻게 유지되고, 각자 어떤 역할을 해야 조화로운 사회가 만들어지는지 보여준다.

　권력과 통치, 정의와 불의, 집단 내 역할분담의 중요성을 비판적으로 성찰한다. 《국가론》은 철학자의 사유를 통해 이념적·추상적으로 '정의로운 국가'의 모습과 참된 지도자의 조건을 설계하고 《동물농장》은 이상이 현실에서 쉽게 타락하는 모습을 구체적인 이야기와 풍자를 통해 비판한다. 플라톤은 철인정치 등 '이상'을 그리지만, 오웰은 권력과 욕심 때문에 어떻게 이상이 깨지는지를 현실적으로 보여주는 것이다. 전자는 각자의 역할과 덕목의 조화, 교육의 중요성을 강조하고, 후자는 지도층의 타락과 평등의 붕괴, 맹목적인 추종의 위험성을 드러낸다.

 # 한 걸음 더, 탐구 주제 

◈ **사회 연계 – 사회적 역할 분담**

학교나 사회에서 각자의 역할을 잘 감당하지 못하면 어떤 문제가 발생할까?

◈ **과학 연계 – 비판적 사고**

우리가 알고 있던 사실이나 정보는 모두 과학적으로 증명이 된 것일까?

◈ **수학 연계 – 답의 명확성**

주어진 답이 명확한 답인지 알기 위해서는 어떤 계산법이 필요할까?

◈ **철학 연계 – 본질과 탐구**

눈에 보이지 않는 것도 실재한다고 볼 수 있을까?

니코마코스 윤리학, 아리스토텔레스

행복한 삶이 인생의 목적이라는 상식에서 출발하는 이 책은 아리스토텔레스가 아들 니코마코스에게 들려준 것으로, 아리스토텔레스가 말한 삶의 궁극적 가치가 담겨 있다. 아리스토텔레스는 인간이 추구하는 최고선은 행복이며, 행복은 마음가짐이 아니라 인간의 활동이 수행될 때 이루어진다고 강조한다. 사람이 살아가는 가장 큰 목적 역시 아무래도 이 '행복'이다. 행복은 단순히 기분이 좋거나 재미있는 것이 아니라, 생각과 행동을 바르게 하는 삶을 뜻한다. 사람이 바른 사람이 되려면 '덕'이 필요하며, 이때 덕은 두 가지로 나뉜다. 하나는 공부하면서 배우는 '지적인 덕'이고, 다른 하나는 좋은 행동을 반복하면서 만드는 '도덕적 덕'이다. 또 덕은 중용, 즉 너무 지나치거나 부족하지 않게 적당한 상태를 유지하는 것이 중요하다. 가령 '용기'는 무모와 망설임 사이의 적절한 용감함이고, '절제'는 지나친 욕심과 냉담 사이의 적절한 상태이다. 좋은 덕은 생각하고 스스로 선택해서 행동할 때 완성된다. 그래서 윤리적인 행동은 자발적이어야 하며, 강요받거나 몰라서 하는 행동은 윤리적이지 않다.

사람은 생각할 수 있는 존재로서 깊이 사유하고 행동할 때 참된 '덕'에 이를 수 있다. 덕은 겉으로 보이는 행동이 아니라 마음속에 자리 잡은 성품이며, 좋은 행동을 반복해 나갈 때 만들어진다. 자신의 행동에 책임이 있으며, 윤리는 그런 올바른 행동을 배우고 실천하는 공부라고 볼 수 있다. 친구 사이의 진정한 우정도 삶에 아주 중요하며, 정의는 모두가 공평하게 대우받는 사회를 만드는 데 꼭 필요하다. 즐거움도 너무 지나치면 해롭기에, 가장 이상적인 삶은 즐거움을 알맞게 조절하는 것이다. 이렇게 덕을 실천해가면서 좋은 습관을 만들다 보면 행복한 삶에 가까워진다고 아리스토텔레스는 말한다.

🏵 Q&A로 알아보는 《니코마코스 윤리학》

Q 우정(필리아)의 진정한 의미와 가치는 무엇일까?

A 우정(필리아)은 아리스토텔레스가 가장 중요하게 여긴 인간관계 중 하나다. 우정은 서로를 진심으로 아끼고 선을 추구하는 사람들 사이에서만 가능하다. 진정한 우정은 단순한 이익이나 쾌락에 그치지 않고, 서로의 인격과 덕을 존중하는 관계라고 볼 수 있다. 우정은 사람에게 마음의 평안과 기쁨을 주며, 더 나은 사람이 되도록 돕는다. 공동체의 조화와 협력을 이끄는

데도 우정이 필요하다. 아리스토텔레스는 우정이 행복한 삶의 필수 조건이라고 강조했다. 바르고 좋은 삶은 서로 신뢰하고 도와주는 참된 친구가 있을 때 완성된다고 본 것이다.

Q 가장 이상적인 삶인 '최고선'의 모습은 무엇일까?

A 아리스토텔레스가 말하는 '최고선'의 삶은 철학적 지혜와 깊은 관조에서 완성된다. 최고선이란 인생의 궁극적인 목적이자 그 자체로 가치 있는 최고의 행복을 의미한다. 그는 이성적으로 사고하고 진리를 탐구하며 살아가는 삶이 가장 이상적이라 여겼다. 탐구와 사색, 그리고 자기 자신을 계발하는 것에 집중하는 자세가 중요하다는 의미다. 덕을 실천하며 지혜롭게 행동하고, 자신의 삶을 스스로 이끌어가는 것이 최고의 삶인 것이다. 이런 삶은 단순히 쾌락이나 물질적 만족이 아닌 영혼의 성장과 깊은 만족을 가져온다. 결국 아리스토텔레스는 이성과 덕, 철학적 성찰이야말로 행복으로 가는 길이라 믿은 것이다.

고전, 다양한 주제와 만나다

《니코마코스 윤리학》 × 《덕과 중용》

"덕은 적절한 사람에게, 적절한 때에, 적절한 방식으로, 적절한 만큼 행함에 있다."

올바른 덕은 아무 때나, 아무에게나, 아무렇게나 하는 것이 아니다. 덕 있는 행동은 상황과 사람에 따라 달라져야 하고, 항상 균형과 조화를 생각해야 한다. 예를 들어, 용기를 내는 것도 너무 과하면 무모해지고, 너무 부족하면 겁쟁이가 된다. 중용이란 이런 극단을 피하고, 올바른 지점을 찾는 것을 뜻한다. 덕과 중용은 서로 연결되어 있다. 바른 덕을 가진 사람은 언제, 누구에게, 어떤 방식으로 행동해야 할지 잘 판단한다. 감정이나 행동이 지나치거나 모자라면 그것은 덕이라고 볼 수 없다. 예컨대 친구가 잘못했을 때 과하게 나무라거나 과하게 봐줘도 좋지 않다는 것이다. 적당히 따지고, 적절한 말로 충고하고, 때에 맞게 도와주는 것이 중요하다. 아리스토텔레스는 덕은 타고나는 것이 아니라 연습과 습관을 통해 만들어진다고 말했다. 그래서 우리는 생각과 행동을 조절하는 연습을 해야 한다. 처음에는 어려울 수 있지만 반복하다 보면 자연스럽게 중용을 지키는 사람이 될 수 있다. 적절함을 찾으려면 마음과 생각을 늘 살피고, 주변 사람들의 입장을 이해해야 한다. 결국, 올바른 덕과 중용을 실천한다는 것은 좋은 사람이 되어 조화로운 사회를 만드는 데 기여하겠다는 것이다.

《니코마코스 윤리학》 × 《행위의 자발성과 도덕적 책임》

"올바른 행위에 대한 평가는 오직 자발적 행위에 대해서만 가능하다. 행위의 주체가 자신의 행위에 책임을 져야 한다."

    사람이 올바른 행동을 했는지 평가하려면 그 행동이 스스로 선택한 '자발적 행위'여야 한다. 만약 누군가에게 강요당해서 어쩔 수 없이 한 행동이라면 그에 대한 제대로 된 도덕적 판단을 하기 어렵다. 자신이 무엇을 하는지 모른 채 한 행동 역시 도덕적 판단을 하기 어렵다. 사람은 자신의 행동에 대해 생각하고 판단할 수 있는 능력을 가지고 있다. 그래서 우리가 어떤 행동을 할 때, 그 행동이 합당한지 스스로 결정해야 한다. 더불어 자발적인 행동이어야만 그 행동에 대한 칭찬이나 비난이 의미를 가진다. 억지로 도둑질을 했다면 도둑질한 사람을 전적으로 비난하기 어렵다. 하지만 스스로 원해서 도둑질을 했다면 그 행동에 대해 도덕적 책임을 져야 한다. 책임 있는 행동을 하는 것은 성숙한 사람의 중요한 덕목이다. 자신이 한 행동에 대해 책임지지 않는다면, 올바른 사람이 되기 어렵다. 그런즉, 도덕적 판단과 책임은 자발성이 바탕이 되어야 한다. 아리스토텔레스는 이러한 이유로 의지와 선택의 중요성을 크게 여겼다. 결론적으로 올바른 행위에 대한 평가는 오직 '자유롭고 의식적인 선택'에서 나온 행동에만 적용된다는 것이다.

"정의로운 분배는 공적 기여에 비례하는 것이고, 정의로운 시정은 손해나 이득에 대해 동등하게 조정하는 것이다."

아리스토텔레스는 정의를 분배적 정의와 시정적 정의로 나누었다. 분배적 정의는 재산이나 명예를 사람들에게 공정하게 나누는 방법이다. 여기서 중요한 것은 '공적 기여'에 비례해야 한다는 것이다. 즉, 사회나 공동체에 얼마나 기여했는지에 따라 그에 맞는 몫을 받는다는 뜻이다. 어떤 사람이 일을 더 많이 했으면 더 많은 보상을 받는 것이 분배적 정의다. 반대로, 일을 적게 한 사람은 적은 몫을 받는 게 공평하다고 본다. 이렇게 하면 모두 자신의 역할을 충실히 하는 동기부여도 된다. 시정적 정의는 손해나 이득을 공평하게 조정하는 것을 말한다. 누군가가 제삼자에게 피해를 입혔을 때 그 피해를 보상해 주는 것이 바로 시정적 정의다. 시정적 정의는 친구들 사이에 다툼이 생길 때 중재하는 역할과 비슷하다. 이는 사회가 평화롭고 질서 있게 유지되도록 돕는 중요한 정의다. 분배적 정의와 시정적 정의는 서로 다르지만 모두 '공평함'을 기본으로 한다. 두 정의 모두 사람들 사이에서 신뢰를 만들고, 사회가 원활하게 운영되도록 돕기 때문이다. 정의를 잘 실천하는 사람은 공동체 안에서 존경을 받으며, 공평한 정의를 위해 늘 노력해야 한다. 이런 정의의 개념들을 이해하는 것은 올바른 사회생활과 친구 관계에도 큰 도움이 된다. 결국, 정의는 모두가 함께 잘 살아가는 데 꼭 필요한 원칙이자 약속이다.

◈ 더 읽어보면 좋을 작품

《미들마치》, 조지 엘리엇

《미들마치》는 19세기 영국의 작은 시골 마을을 배경으로 각 인물의 삶과 결혼, 도덕적 선택, 자기계발 과정을 정교하게 그린다. 주인공 도로시아 브룩은 순수한 이상주의자를 꿈꾸는 인물로, 자신의 행복과 타인의 선을 위해 고군분투한다. 소설에는 이상과 현실, 이성적 숙고와 행동, 다양한 인간관계에서의 갈등과 성장 등이 복합적으로 엮여 있다. 각기 다른 인물들이 선택과 실수, 사회적 역할을 통해 자신과 공동체의 삶을 변화시키며 삶과 덕의 의미를 찾아 나간다.

두 작품 모두 개인의 삶에서 덕과 올바른 행위의 중요성, 행복을 이루기 위한 자기성찰과 반복적 실천, 공동체 속에서의 배려와 우정을 강조한다. 도로시아를 비롯한 주요 인물들은 자신의 내면적 동기와 사회적 책임 사이에서 끊임없이 갈등하며, 결국 성숙하고 '더 나은 사람'이 되는 길을 탐색한다는 점에서 아리스토텔레스의 행복론과 잘 맞닿아 있다. 《니코마코스 윤리학》이 이론적으로

인간의 목표와 윤리기준을 논증하는 철학서라면 《미들마치》는 이
야기와 등장인물의 구체적 경험을 통해 이를 생생하게 드러내는
소설이다. 이론적 원칙을 실생활 속에서 어떻게 실천하는지 보여
줌으로써 철학과 문학의 접점을 제시한다.

 ## 한 걸음 더, 탐구 주제 

◇ **사회 연계 – 공정한 분배**
공정한 분배가 이루어지지 않을 때 사회에는 어떤 문제가
발생할까?

◇ **과학 연계 – 습관과 반복의 원리**
실험을 반복하면 결과가 인정되듯. 좋은 습관도 반복하
면 삶이 바뀔 수 있을까?

◇ **수학 연계 – 중용과 평균**
수학에서 평균은 한쪽으로 치우치지 않는 균형을 의미하
는데, 이는 중용과 어떤 점이 닮았을까?

◇ **철학 연계 – 덕의 실천**
학생에게 가장 필요한 덕은 무엇일까?

방법서설, 데카르트

데카르트는 당시 학문의 확실성이 부족하다고 느끼며 새로운 진리 탐구의 길을 찾는다. 혼란스러운 세상에서 무엇이 진실인지 알아내기 위한 올바른 '방법'이 필요하다고 생각한 것이다. 데카르트는 엉성한 건물을 허물고 튼튼한 기초 위에 다시 철근을 쌓듯 기존의 모든 지식을 의심하며 네 가지 엄격한 규칙을 세워 진리에 도달하는 자신만의 방법을 제시한다. 첫째, 조금이라도 의심할 수 있는 것은 모두 거짓으로 간주한다. 둘째, 어떤 문제를 이해하기 쉽도록 가장 작은 부분으로 나눈다. 셋째, 가장 단순하고 쉬운 것부터 시작해 점차 복잡한 것들을 탐구한다. 넷째, 어떤 부분도 빠뜨리지 않고 완벽하게 검토한다. 이렇게 모든 것을 의심하고 또 의심하는 과정에서 그는 단 하나만큼은 의심할 수 없는 진리를 발견한다. 그것은 바로 '의심하고 있는 나 자신'은 분명히 존재한다는 것이다. 이것이 바로 "나는 생각한다, 고로 나는 존재한다(Cogito, ergo sum)"라는 유명한 철학적 명제의 탄생이다.

그는 '생각하는 나'를 시작점으로 삼아, 신의 존재와 세계의 진실에 대해 이성적으로 추론해 나간다. 데카르트는 불완전한 내가 완전한 존재인 신을 생각해 낼 수 있다는 것 자체가 신의 존재를 증명한다고 보았다. 또한 인간이 가진 최고의 무기는 바로 '이성'이며, 상상이나 감각이 아닌 이성에 집중해야 한다고 강조했다. 자신이 발견한 이 방법론을 물리학, 해부학, 의학 등 다양한 과학 분야에도 적용하려 했고, 궁극적으로 이 명확한 방법을 통해 모든 학문의 기초를 새롭게 다지고자 했다. 《방법서설》은 철학, 과학뿐만 아니라 인류의 사고방식에 지대한 영향을 미친 혁명적인 책으로 평가된다. 이 책은 1637년 6월 네덜란드에서 출간했는데, 당시에 라틴어로 책을 쓰던 관례를 무시하고 프랑스어로 썼다는 점도 괄목할 만하다.

🏵 Q&A로 알아보는 《방법서설》

Q 데카르트가 강조한 가장 중요한 사상은 무엇일까?

A 데카르트는 진짜 확실한 진리만 받아들이기 위해 모든 것을 한 번씩 의심해 보는 '방법적 회의'를 강조했다. 무엇이든 의심함으로써 정말로 믿을 수 있는 것이 무엇인지 찾아내려 한 것이다. 그 과정에서 아무리 의심해도 '생각하는 나 자신'은 분명히 존재한다는 사실을 발견하게 된다. 이것이 바로 "나는 생각한다. 고로 나는 존재한다" 라는 유명한 명제다. 즉, 자기 자

신에 대한 확실한 인식이 가장 중요한 출발점이라고 볼 수 있겠다.

Q 진리를 탐구하기 위해 데카르트가 제시한 방법론의 특징은 무엇일까?

A 데카르트는 명확하고 분명하게 알 수 있는 사실만 진리로 믿어야 한다고 주장했다. 또한 어려운 문제는 작고 쉬운 부분으로 나누어 차근차근 해결해야 한다고 말했으며, 쉬운 것부터 차례차례 해결해 나갈 때 방향성을 잡을 수 있다고 강조했다. 근거가 확실하지 않은 것을 섣불리 믿는 태도를 멀리하고 체계적으로 생각하고 판단해야 진짜 진리를 발견할 수 있다고 보았다. 본문은 문제의식 - 방법 제시 - 적용의 흐름으로 구성되어 있다.

고전, 다양한 주제와 만나다

《방법서설》 × 《자기성찰》

"나는 나 자신과 대화하고 내면을 깊이 살피면서, 내 자신을 점점 알아가고 친숙해지려고 했다."

　　박완서의 단편소설 《그 많던 싱아는 누가 다 먹었을까》와 데카르트의 《방법서설》은 서로 다른 시대와 장르로 쓰였지만, 자기성찰과 내면 탐구라는 공통된 주제를 공유한다. 데카르트는 진리를 찾기 위해 모든 것을 의심하고, 스스로 깊이 생각하면서 자신과 대화를 나누는 '방법적 회의'를 강조한다. "나는 나 자신과 대화하고 내면을 깊이 살피면서, 내 자신을 점점 알아가고 친숙해지려고 했다"라는 그의 말처럼 이성적이고 체계적인 자기성찰의 태도를 보여준 것이다. 한편, 박완서는 일상과 역사 속에서 경험하는 의심과 성찰이 주인공 화자의 내면을 깊이 파고들며, 그 과정에서 삶의 진리를 조금씩 발견해 나가는 모습을 그린다. 화자는 개인적 기억과 사회적 현실 사이에서 갈등하고 스스로에게 질문을 던지면서 내면의 진실과 마주한다. 이는 데카르트가 말한 '자기와의 대화', '내면 탐구'와 일맥상통한다. 두 작품 모두 '내면의 목소리'를 듣고, 끊임없이 자신을 성찰하며 진실을 추구하는 점이 핵심이다. 《방법서설》은 철학적 방법론으로서 확실한 지식에 도달하기 위한 이성적 과정을 중점에 둔다면 박완서의 작품은 감정과 기억, 경험에서 우러나오는 주관적이고 인간적인 성찰을 보여준다. 또한 데카르트는 보편적인 진리를 찾고자 했으나 박완서는 개인의 삶 속 작은 진리와 의미를 찾는 데 집중한다.

"나는 생각한다. 고로 나는 존재한다."

데카르트는 올바른 지식을 얻으려면 '이성'과 '논리'가 가장 중요하다고 생각했다. 그의 명언처럼 생각(이성)이 있기에 자신이 존재한다는 것을 알 수 있다고 믿었다. 즉, 마음속에서 분명하게 알 수 있는 진리가 모든 지식의 출발점이라고 본 것이다. 합리론에서는 감각이나 경험보다 '이성적으로 생각해서 논리적으로 옳은 것'만 확실하다고 여긴다. 반면, 경험론을 대표하는 베이컨과 로크는 '감각 경험'이 진짜 지식의 출발점이라고 주장했다. 베이컨은 자연을 관찰하고 실험하면서 얻은 경험이 진짜 지식을 만든다고 했고, 로크는 '사람의 마음은 처음엔 백지와 같다'고 말하면서, 경험을 통해 지식을 쌓아간다고 보았다. 즉, 경험론에서는 책이나 생각만으로 알지 못하고 실제로 겪고 관찰하는 것이 더 중요하다고 주장하는 것이다. 지식의 근원을 볼 때, 합리론은 머릿속 이성과 논리에서, 경험론은 실제 경험과 감각에서 나온다. 이 방법을 비교해 보면 합리론은 수학처럼 논리적으로 생각하고 증명하는 방식을 사용하고, 경험론은 과학 실험처럼 관찰하고 실험해서 결과를 얻는 방식에 가깝다는 것을 알게 된다. 결국 두 입장 모두 세상을 더 잘 이해하기 위한 방법이지만, 지식의 '출발점'과 지식을 얻는 '방법'에서 차이를 보인다.

《방법서설》 × 《벤담의 공리주의》

《방법서설》 × 《벤담의 공리주의》

"각 개인은 자율적으로 이성을 사용하여 진리에 도달할 수 있는 존재다."

데카르트에게 가장 중요한 건 자기 자신의 머릿속에서 분명하고 명확하게 이해되는 것, 즉 어떤 주장이 진실인지 거짓인지 스스로 따져보고 이성에 비추어 정말로 옳다고 느낄 때만 받아들이는 태도다. 그렇기에 그는 감정이나 습관, 남의 판단보다는 '내 마음에서 논리적으로 확실하다고 결론 내린 것'을 신뢰해야 한다고 보았다. 이렇듯 데카르트의 철학은 자신만의 생각, 논리적 추론을 통해 확실한 진리만 받아들인다는 점에서 '합리론'이라고 불린다. 반면, 벤담이 주장한 공리주의는 '도덕적인 옳음'의 기준이 개인의 이성적 판단이 아니라 그 행동이 얼마나 많은 사람들에게 실제로 좋은 결과를 주는지에 달려 있다고 본다. 벤담에 따르면, 도덕적 옳고 그름은 그 행동이 만들어내는 '쾌락'과 '고통'의 총합으로 판단할 수 있다. 한 가지 행동으로 더 많은 사람이 행복해진다면, 그것이 바로 최선의 선택이라는 것이다. 그래서 벤담은 '최대 다수의 최대 행복'이 모든 도덕적 판단의 기준이라고 정리했다. 데카르트는 자신이 '확실하다'고 느끼는 이성적인 판단을 신뢰했고, 벤담은 개인의 생각에만 의지하지 않고 그 행동이 실제로 얼마나 많은 사람을 행복하게 하는지에 기준을 두었다. 쉽게 말해 데카르트는

‘논리적으로 확실하다고 생각하면 그게 옳다’는 입장이었고, 벤담은 ‘모두에게 이익이 되는 결과가 나온다면 그게 진짜 옳다’고 믿었다.

🏵 더 읽어보면 좋을 작품

《이방인》, 알베르 카뮈

앞서 언급한 책을 다시 추천하는 까닭은 ‘끝없는 성찰’에 있다. 《이방인》의 주인공 뫼르소는 자신의 감정과 세계의 부조리를 끝까지 직시하며 자기 존재와 타인, 사회의 의미를 끊임없이 성찰했다. 이는 《방법서설》의 “나는 생각한다. 고로 나는 존재한다”에서 보이는 자기인식, 존재에 대한 확신과 연결된다. 데카르트는 모든 관습, 감각, 기존 지식을 의심하며 이성적 사고를 통해 ‘확실한 진리’를 찾으려 했고, 카뮈 역시 사회적 통념과 타인의 시선에 흔들리지 않는 삶의 ‘주체적인 직시’를 찾으려 했다. 두 작품은 ‘나 자신에 대한 진실한 인식’과 ‘확실한 진리의 탐구’라는 공통된 주제를 담고 있다.

데카르트가 모든 것을 의심하며 자기 존재의 출발점을 찾듯, 카뮈 또한 외부 세계의 기대와 규범을 거부하고 오직 ‘있는 그대로의 자기 자신’에 충실하고자 했다. 차이점이 있다면, 데카르트는 이성적 방법과 논리, 확실성을 통해 보편적 진리에 도달하길 원했고 카뮈는 부조리한 세계 속에서 개인의 실존과 자유, 그리고 '확실하지 않은 삶'의 의미를 고뇌하며 받아들였다는 것이다. 따라서 두 작품을 연계해 읽으며 "내가 무엇을 믿고, 어떻게 살아갈 것인가?", "확실히 아는 것, 존재의 의미란 무엇인가?"라는 문제에 대해 스스로 사유해 볼 수 있다.

 한 걸음 더, 탐구 주제 

◇ **사회 연계 – 자율적 판단**
어떠한 소식이나 정보를 아무런 의심 없이 받아들인다면 어떤 문제가 생길까?

◇ **과학 연계 – 단계적 해결**
과학 실험이나 탐구 보고서를 쓸 때, 큰 문제를 작은 단계로 세분화해서 접근하면 도움이 될까?

◇ **수학 연계 – 논리적 증명과 엄밀성**
수학 문제를 논리적으로 풀어야 하는 이유가 있을까?

◇ **철학 연계 – 의심과 진리 탐색**
종교나 신앙을 통해서 진리를 얻을 수 있을까?

순수이성비판, 칸트

칸트는 우리가 무엇을 알 수 있고, 무엇을 알 수 없는지 밝히기 위해 이성 자체를 비판한다. 지식을 오직 경험에서 얻는다는 '경험론'과 이성에서 얻는다는 '합리론'을 모두 비판하며 새로운 길을 제시하고자 한 것이다. 우리가 세상을 인식하는 방식에는 크게 두 가지 요소가 작용한다고 칸트는 설명한다. 첫째, '감성'은 우리가 감각을 통해 외부의 정보를 받아들이는 능력이다. 하지만 우리는 경험하기 전부터 모든 것을 '시간'과 '공간'이라는 우리 마음속의 틀 안에서 인식한다. 시간과 공간은 외부에서 오는 것이 아니라 우리가 대상을 받아들이기 위해 내재된 형식과 같다. 둘째, '오성'은 감각으로 들어온 잡다한 정보들을 정리하고 이해하는 능력이며 '범주'(예: 원인과 결과, 양, 질)라는 12가지 규칙을 통해 세상을 개념적으로 파악한다. 결국 우리가 아는 세상은 우리 마음이 시간, 공간, 범주라는 틀로 구성한 것이다. 즉, 우리는 대상 자체를 있는 그대로 알 수 없고, 우리에게 '나타나는 모습'(현상)만 알 수 있다.

이와 반대로 우리의 인식 능력으로는 결코 알 수 없는 대상 자체를 '물자체'라고 부른다. 칸트는 신, 영혼, 우주 전체와 같이 경험으로 확인할 수 없는 대상들은 우리의 이성이 알 수 없다고 말한다. 이성이 이런 대상을 알려고 할 때 필연적으로 오류에 빠지거나 서로 모순되는 주장을 하게 된다고 설명한다. 《순수이성비판》은 과학적 지식이 어떻게 가능한지 그 근거를 마련해 주는 동시에 인간 지식의 한계를 명확히 설정하여 이성이 함부로 주장하는 것을 막는다. 이러한 칸트의 생각은 철학사에서 인간의 인식이 대상에 맞춰지는 것이 아니라 대상이 인간의 인식 틀에 맞춰진다는 '코페르니쿠스적 전환'으로 평가받는다. 결론적으로 칸트는 인간이 겸손하게 자신이 알 수 있는 것과 없는 것을 구분하는 것이 진정한 지혜라고 알려준다.

⬡ Q&A로 알아보는 《순수이성비판》

Q 칸트가 말하는 '순수이성'이 무엇일까?

A 순수이성이란 경험에 의존하지 않고 선천적으로 인간에게 주어진 이성의 능력을 말한다. 칸트는 이 순수이성이 우리 인식의 형식과 구조를 결정하여 경험을 이해하게 만든다고 보았다. 이성은 경험을 해석하고 지식을 체계화하는 역할을 한다. 따라서 순수이성은 지식을 얻기 위한 필수 조건이지만, 스스

로 경험 없이 모든 것을 알지는 못한다. 이는 순수이성비판의 출발점이자 인간 인식 능력의 한계를 밝히는 기준이다.

Q '선험적 종합판단'을 어떻게 정의할 수 있을까?

A 선험적 종합판단은 경험 이전에 이미 우리 마음속에 존재하는 판단 능력이다. 칸트는 이런 판단이 경험을 바탕으로 새로운 지식을 만들어 내는 데 필수적이라고 보았다. '모든 사건에는 원인이 있다'는 것은 경험을 통해 알게 되지만 경험 이전에 이미 판단하는 능력이 있어야 이해가 가능하다. 이 판단은 경험과 이성이 결합하는 지점이다. 그래서 선험적 종합판단은 지식이 확장되는 과정을 설명하는 핵심 개념이라고 볼 수 있다.

고전, 다양한 주제와 만나다

《순수이성비판》 × 《시간과 공간》

"시간과 공간은 경험의 모든 대상을 조직화하는 우리의 감성의 형식이다."

칸트의 《순수이성비판》과 프루스트의 《잃어버린 시간을 찾아서》는 '시간'과 '공간'이 우리가 세상을 경험하는 방식을 결정한다는 공통된 주제를 가진다. 칸트는 "시간과 공간은 경험의 모든 대상을 조직화하는 감성의 형식이다"라고 말한다. 이 말은, 우리가 세상을 볼 때 아무렇게나 보는 것이 아니라 시간의 흐름과 공간의 틀 속에서 자연스럽게 정리하고 받아들인다는 뜻이다. 즉, 우리는 모두 시간과 공간이라는 안경을 쓰고 세상을 본다고 할 수 있다. 우리는 어떤 사건을 기억할 때 '언제, 어디서' 일어났는지 항상 떠올리게 된다. 프루스트의 소설 《잃어버린 시간을 찾아서》는 주인공이 과거의 경험을 다시 떠올리면서 시간의 흐름에 따라 기억이 변형되는 이야기를 다룬다. 이 소설에서는 과거의 사건이 현재의 감정과 함께 재구성되며, 하나의 기억이 여러 감정과 연결된다. 이는 시간과 공간이 각자의 방식으로 우리의 기억과 경험을 재생성하는 것을 보여준다. 칸트가 말한 것처럼, 각자 가지고 있는 시간과 공간의 틀이 있기 때문에, 똑같은 일을 겪어도 사람마다 기억하거나 느끼는 방식이 다를 수 있다. 프루스트의 작품을 읽다 보면, "어릴 때 먹었던 마들렌 과자 맛이 문득 과거를 떠올리게 했다"와 같이 특정한 순간이 우리의 오래된 기억을 불러오는 경험을 할 수 있다.

《순수이성비판》 × 《절대정신》

"개념 없는 직관은 맹목적이고, 직관 없는 개념은 공허하다."

칸트의 《순수이성비판》과 헤겔의 '절대정신'은 모두 "인간이 세상을 어떻게 이해하는가?"에 대한 철학이다. 칸트는 우리가 시간과 공간이라는 틀을 통해서만 세상을 볼 수 있다고 했다. 즉, 우리는 자신만의 안경을 쓰고 세상을 본다고 할 수 있다. 그래서 누구나 세상을 다르게 받아들이고, 다르게 해석할 수 있다고 말했다. 이 때문에 칸트는 우리가 사물 자체, 즉 세상의 본모습을 완전히 알 수 없다고 강조했다. 헤겔은 절대정신이라는 개념을 내세운다. 그는 역사를 통해 인간의 생각과 문화가 점점 발전한다고 보았다. 즉, 사람들이 서로 생각을 나누고 사회와 역사가 발전하면서 결국에는 진리에 가까워진다고 믿은 것이다. 헤겔은 인간의 이성과 사회 전체가 함께 성장하며 최고의 이해에 도달할 수 있다고 생각했다. 칸트와 헤겔 모두 이성의 중요성을 강조했으나 칸트는 그 한계를 강조하고, 헤겔은 발전과 완성을 더 신뢰했다. "개념 없는 직관은 맹목적이고, 직관 없는 개념은 공허하다"는 칸트의 말은 경험과 생각이 모두 필요하다는 의미이다. 요약하자면, 칸트는 인간이 가진 인식의 틀이 세상을 있는 그대로 알지 못하게 만든다고 주장했다. 반면, 헤겔은 역사와 이성이 발전해 결국에는 진리를 향해 나아갈 수 있다고 믿었다. 둘의 철학을 비교하면 한쪽은 인간의 한계를, 다른 한쪽은 발전의 가능성을 더 강조하고 있다는 것을 알 수 있다.

《순수이성비판》 × 《인식의 조건과 인간의 한계》

"나는 사물 자체가 무엇인지 알지 못한다. 그리고 알 필요도 없다. 어떤 것이 나에게 현상으로 나타나지 않는 한, 우리는 그것을 알 수 없다."

칸트의 《순수이성비판》과 비트겐슈타인의 철학은 모두 우리가 세상을 어떻게 이해하는지, 그리고 그 한계에 대해 이야기한다. 먼저 칸트는 우리가 세상을 그냥 있는 그대로 볼 수 없다고 말한다. 사람은 태어날 때부터 시간과 공간이라는 '틀'을 가지고 세상을 보게 된다는 것이다. 그래서 우리가 경험하는 모든 것은 이 시간과 공간의 안경을 쓰고 받아들이게 된다. 칸트는 이런 이유로, 사람마다 세상을 다르게 해석할 수 있고 무엇보다 '사물 자체'는 결국 알 수 없다고 생각한다. "개념 없는 직관은 맹목적이고, 직관 없는 개념은 공허하다"는 칸트의 말은 경험과 생각이 모두 있을 때 비로소 온전히 인식할 수 있다는 뜻이다. 비트겐슈타인은 우리 인간이 쓸 수 있는 '언어'가 인식의 조건과 한계를 만든다고 한다. 우리가 '언어로 설명할 수 없는 것'은 완전히 이해할 수 없다고 본 것이다. "내 언어의 한계가 곧 내 세계의 한계다"라는 말을 한 까닭이다. 말로 표현할 수 없는 것에 대해서는 침묵해야 한다고도 한다. 즉, 설명이나 대화가 불가능한 것은 우리가 아는 세계에서 빠지게 된다는 의미다. 요약하면, 칸트는 우리 머릿속의 구조가, 비트겐슈타인은 언어라는 틀이 우리가 세상을 아는 방식을 결정한다고 보았다. 칸트는 '인식의 구조'에, 비트겐슈타인은 '언어의 한계'에 더 집중한 것이다. 이런 식으로 두 철학자는 인간이 지식에 다다를 수 있는 경계와 조건을 각각 다르게 설명했다.

🔷 더 읽어보면 좋을 작품

《성》, 프란츠 카프카

《성》은 주인공 K가 어느 마을의 '성(城)'에 들어가려 하지만 끝내 성에 들어가지 못하고 좌절하는 이야기다. K는 자신이 '측량사'라고 주장하지만, 행정적인 절차와 마을 사람들의 오해, 복잡한 규칙에 부딪혀 본래 목적을 이루지 못한다. 주인공은 '성'이라는 절대적이고 불확실한 권위에 접근하려 노력하지만 그 정체는 끝까지 명확해지지 않는다. K는 사회의 규칙과 제도로 인해 자신의 존재가 쉽게 규명되지 않음을 경험하며, 마지막까지 '성'에 접근하지 못한 채 소설은 끝이 난다. 두 작품은 인간 인식의 한계와 우리가 도달할 수 없는 '궁극적 실체'를 다룬다는 점에서 닮았다. 칸트는 인간이 세상을 시간과 공간, 그리고 이성의 범주라는 틀을 통해서만 인식할 수 있다고 했다. 카프카 역시 사회적, 제도적 장벽에 가로막혀 성에 접근하지 못하는 주인공을 제시한다.

두 작품 모두 인간 인식과 존재의 한계, 접근 불가능성, 그리고 이 한계가 가져오는 근원적 불안과 질문을 강하게 드러내지만 접근 방식에는 차이가 있다. 《순수이성비판》은 철학적으로 인간 인식의 틀과 한계를 분석하고 논리적으로 설명하면서, 이성의 비판을 통해 무엇이 가능한지 혹은 불가능한지 밝히는 '이론적 한계 인식'을 강조한다. 반면 《성》은 문학적 상징과 이야기, 주인공의 심리·행동을 통해 사람들이 실제로 사회 속에서 겪는 소외, 불안, 권위에 대한 두려움을 보여준다. 즉, 추상적 철학 대신 삶의 구체적인 서사와 체험을 통해 인간 조건의 한계를 직접적으로 느끼게 하는 것이다.

◇ **사회 연계 – 비판적 사고와 도덕**

타인과의 갈등이 생겼을 때, 상황을 어떻게 객관적으로 바라볼 수 있을까?

◇ **과학 연계 – 인간의 혁신**

인간이 완벽하다고 말하는 과학적 혁신도 시간이 지나면 바뀔 수 있을까?

◇ **수학 연계 – 선험적 종합판단**

수학 공식과 원리는 왜 모든 나라, 모든 인종에게 똑같이 적용될까?

◇ **철학 연계 – 이성의 한계**

모든 것을 알 수 없다는 것은 불행일까, 아니면 또 다른 가능성일까?

260

논리학, 헤겔

《논리학》은 인간의 사고와 세상이 움직이는 원리를 탐구하는 깊이 있는 철학서다. 이 책은 겉으로는 어려워 보이지만 모든 개념과 존재가 어떻게 발전하는지 보여주는 '생각의 드라마'와도 같다. 헤겔은 기존의 논리처럼 정해진 규칙이 아니라 세상과 사유가 스스로 발전해 나가는 '살아있는 논리'를 다룬다. 그러면서 어떤 생각(정립)이 생기면, 반드시 그 반대되는 생각(반정립)이 나타난다고 설명한다. 이 정립과 반정립은 서로 부딪히고 갈등하면서, 더 높고 풍부한 새로운 생각(종합)을 만들어 낸다. 이러한 과정을 헤겔은 '변증법'이라고 부르는데, 이것이 모든 발전의 핵심 원리라고 주장한다. 《논리학》은 크게 세 부분으로 이루어져 있다. 첫째는 가장 단순한 '존재론'이다. 여기서는 아무런 구별 없이 막연히 '있다'는 가장 기본적인 상태부터 출발하여 다양한 존재의 형태를 살펴본다. 둘째는 '본질론'이다. 여기서는 겉으로 드러나는 모습이 아니라 그 안에 숨겨진 본질을 탐구한다. 본질과 현상, 원인과 결과처럼 사물들 사이의 관계를 찾아가는 과정이다. 셋째는 가장 완성된 단계인 '개념론'이다.

개념론에서는 앞선 모든 생각들이 발전하여 비로소 자기 자신을 완벽하게 이해하는 '자유로운 개념'으로 완성된다. 헤겔은 이 《논리학》이 단지 인간의 사고방식만을 다루는 것이 아니라고 말한다. 우주 만물이 움직이고 발전하는 근본적인 법칙이자 신의 생각, 그리고 인간 정신의 발전 과정 그 자체라고 본다. 따라서 헤겔의 《논리학》은 우주와 의식의 가장 기본적인 '문법'을 해명하려는 시도다. 이 책은 서양 철학을 집대성하고, 이후 많은 철학자에게 큰 영향을 주었다. 이를 통해 우리는 복잡한 세상 속에서 사물이 어떻게 변화하고 발전하는지 이해할 수 있다. 또한, 서로 다른 의견들이 부딪히며 어떻게 더 나은 결론에 도달하는지도 배울 수 있다. 나아가 '인간이 생각하는 방식'과 '존재가 드러나는 방식'이 변증법적으로 연결되어 있음을 보여준다. 칸트가 인간 인식의 한계를 탐구했다면, 헤겔은 이성의 무한한 발전 가능성을 보여주려 노력했다.

🔷 Q&A로 알아보는 《논리학》

Q '진리는 전체다'라는 명제가 사회 변화와 어떤 관련이 있을까?

A 사회 현상을 한 부분만 보고 판단하면 오해가 발생할 수 있다. 사회 변화는 다양한 계층, 세대, 그리고 서로 다른 가치관들이 만나서 부딪히고, 갈등하며 새로운 질서와 체계로 발전

　　　　　　　　　　　　　　　　　　　　　　　중등 필독 고전

하는 과정이다. 이런 다양한 요소들은 오랜 시간에 걸쳐 서로 영향을 주고받으면서 점차적으로 통합된다. 파편적으로 보면 진실을 온전히 파악할 수 없고, 각 계층·집단의 목소리와 영향까지 함께 보아야 전체 그림이 그려진다. 헤겔은 사회적 진리가 단순히 한 시점의 일부를 보는 것이 아니라 모든 변화와 발전의 역사를 아우르는 과정에서 비로소 드러난다고 보았다. 그래서 진리를 보려면 사회 전체의 흐름과 관계망을 고려해야 한다.

Q 논리학의 세 단계를 자연현상 설명에 어떻게 활용할 수 있을까?

A 존재론은 자연의 사물을 그냥 눈에 보이는 대로, 겉모습 그대로 관찰하는 단계다. 본질론에서는 그런 겉모습 아래에 숨어 있는 진짜 이유, 원인이나 법칙이 무엇인지 깊이 파고든다. 예를 들어 꽃이 피는 현상을 단순히 '존재'로만 보면 그냥 꽃이 피는 것처럼 보인다. 하지만 왜 그런 일이 일어나는지, 어떤 조건과 구조가 그런 결과를 만드는지 따져보면 본질론적 접근이 된다. 마지막으로 개념론에서는 이런 모든 과정, 꽃의 존재와 그 안의 법칙들이 종합되어 '꽃이란 무엇인가?'라는 의문에 이른다. 이런 식으로 헤겔의 논리학 세 단계는, 단순한 관찰에서부터 깊은 이해를 통해 자연현상을 더 폭넓게 보는 길을 제시한다.

《논리학》 × 《죄와 벌》

"합리적인 것이 실재하며, 실재하는 것이 합리적이다."

헤겔의 《논리학》과 도스토옙스키의 《죄와 벌》은 인간이 어떻게 도덕적인 선택을 하고 내면적으로 변화하는지를 깊이 있게 다룬다. 헤겔은 세상에 존재하는 모든 일과 생각은 정 - 반 - 합이라는 변증법적 과정으로 발전한다고 설명한다. 어떤 생각이나 상황이 제시되면 그것과 대립하거나 반대되는 생각이나 상황이 등장한다. 이 두 요소가 충돌하고 갈등하면서 새로운 방향이나 해결책이 만들어진다. 이 과정은 단순한 충돌이 아니라 더 높은 차원의 통합과 발전을 의미한다. 《죄와 벌》의 주인공 라스콜리니코프 역시 이런 변증법적 과정을 보여준다. 처음에는 강자가 남을 해쳐도 된다는 특수한 논리를 믿고 행동한다. 이것이 '정'이다. 그러나 살인을 저지른 뒤 극심한 죄책감과 고통, 그리고 자신을 돌아보는 반성의 시간이 찾아온다. 이것이 바로 '반'이다. 라스콜리니코프는 이 내적 갈등과 고뇌를 통해 결국 자신의 잘못을 인정하고 새로운 마음가짐을 갖게 된다. 이것이 변증법의 '합'에 해당한다. 이처럼 헤겔과 도스토옙스키는 인간이 도덕적인 성장과 변화를 겪는 과정에 고통과 반성, 갈등이 꼭 필요하다고 보았다. 단번에 완벽한 답을 찾는 것이 아니라 시행착오와 내적 투쟁을 거친 후에야 비로소 진정한 깨달음과 올바른 선택을 할 수 있다는 것이다. 결국 '옳은 것'과 '진리'는 쉽거나 단편적이지 않으며 여러 경험과 갈등, 내적 성장의 과정을 통해 완성되는 것임을 두 작품은 공통적으로 이야기한다.

《논리학》×《도덕경》

"진리는 전체다."

   동양사상의 주역과 도덕경에는 만물의 변화와 조화, 대립의 융합이라는 중요한 원리가 담겨 있다. 주역에서는 세상 만물이 끊임없이 변하고, 음과 양이라는 서로 다른 힘이 충돌하면서도 결국에는 조화를 이룬다고 설명한다. 도덕경 역시 "만물은 서로 대립하지만 결국 하나로 돌아간다"고 말한다. 반대되는 힘이 상호작용해 새로운 질서를 만들어간다는 사상이다. 헤겔의 《논리학》도 이와 매우 비슷한 생각을 가지고 있다. 그는 세상 모든 것은 정-반-합이라는 변증법의 과정을 거쳐 끊임없이 변화하고 발전한다고 보았다. 하나의 명제가 나타나면 그에 반대되는 힘이나 생각이 생기고, 두 힘이 충돌하고 갈등하는 과정에서 보다 높은 차원의 결과가 만들어진다는 것이다. 이 과정이 반복되면서 진리와 전체성이 완성된다는 것이 《논리학》의 핵심이다. 헤겔은 "진리는 전체다"라는 유명한 말을 남겼는데 이는 대립, 변화, 종합의 긴 과정이 모여야만 진정한 진리에 이른다는 뜻이기도 하다. 또 "변증법적 사고는 부정의 부정이다"라고 말하기도 했다. 단순히 두 힘이 부딪히는 것이 아니라 그 대립이 더 높은 통합과 새로운 질서를 낳는다는 의미이다. 이처럼 동양의 주역과 도덕경, 헤겔의 논리학에는 "서로 다른 힘이 충돌하고 통합되는 과정에서 세상이 발전한다"는 공통적 의식이 있다. 주역의 변화와 조화, 도덕경의 통합과 유연성, 그리고 헤겔의 변증법은 모두 대립과 변화, 화해와 새로운 탄생이 반복된다는 점에서 닮았다.

《논리학》 × 《비합리주의적 세계관》

"통상적으로 개념은 추상적 보편, 보편적 표상으로 생각된다."

헤겔은 모든 것이 생각과 이성, 논리에 따라 발전한다고 보았다. 정-반-합이라는 변증법을 통해 세상의 모든 일과 생각이 서로 충돌하고 그 충돌로 인해 결국 더 높은 단계로 나아간다고 설명한다. 이 과정에서 헤겔은 실제 경험이나 구체적인 것보다는 개념이나 이론, 체계가 스스로를 발전시킨다고 믿었다. 논리학을 통해 현실에 얽매이지 않고 이성적 법칙에 따라 세계의 본질을 설명할 수 있다고 주장한 것이다. 쇼펜하우어의 철학은 헤겔과는 조금 다르다. 쇼펜하우어는 세상의 본질이 인간의 의지와 감정, 그리고 현실에서 직접 느끼는 경험에 있다고 생각했다. 너무 추상적인 개념이나 논리 체계에만 집중하다 보면 삶과 멀어질 수 있다고 비판한 것이다. 즉, 실제로 우리가 살아가면서 느끼는 고통, 욕망, 감정 같은 구체적인 경험이 더 중요하다고 보았다. 그래서 쇼펜하우어는 헤겔의 철학을 공허한 추상이라고 말한다. 정리하자면 헤겔은 머릿속의 논리와 이론, 개념의 발전을 중시하고, 쇼펜하우어는 우리가 실제로 느끼고 경험하는 현실, 고통, 의지, 삶을 더 중요하게 여겼다. 헤겔은 생각과 개념을, 쇼펜하우어는 실제 삶과 경험을 '세상을 더 잘 이해하는 요소'로 보았다.

🏵 더 읽어보면 좋을 작품

《햄릿》, 셰익스피어

덴마크 왕자 햄릿은 아버지의 죽음 이후, 어머니 거트루드가 곧바로 숙부 클로디어스와 결혼한 사실에 큰 충격을 받는다. 어느 날 밤, 아버지의 유령이 나타나 클로디어스가 죽음의 배후임을 밝히고 복수를 요청한다. 햄릿은 진실을 확인하고자 미친 척 연기하며 갈등에 빠진다. 이 과정에서 햄릿은 사랑하는 오필리어와의 관계, 어머니에 대한 분노, 조국의 운명 사이에서 고민한다. 결국 복수의 결단을 내리지만 연이은 비극이 겹쳐 끝내 자신과 클로디어스, 거트루드, 오필리어 모두 죽음에 이르게 된다. 햄릿의 이야기는 한 가지 명확한 입장, 즉 '아버지의 복수'라는 명령을 중심으로 시작한다. 하지만 곧바로 복수에 대한 윤리적 딜레마, 감정의 동요, 증거에 대한 의심이 등장한다. 이에 햄릿은 주저하거나 행동을 미루며 끊임없이 고민하고 번민한다. 이런 자신의 내적 대립과 갈등을 극복해 나가면서 마침내 새로운 결단에 이른다.

이러한 전개는 헤겔이 《논리학》에서 주장하는 '정-반-합'의 변증법 과정과 유사하다. 주인공의 내면과 사건 전개에서 변화가 일어난다는 점에서 뚜렷한 공통점을 보여주는 것이다. 갈등과 모순, 그 극복이 성장과 변화의 핵심이 된다. 《햄릿》은 미해결에 대한 불안, 완전하지 않은 결말, 인간적인 한계를 그대로 드러내는데 헤겔의 《논리학》은 모순과 대립이 더 높은 수준의 통합과 발전으로 귀결된다. 현실이나 사상, 사회의 변화도 궁극적으로 '전체의 진리'로 통합된다고 본 것이다. 두 작품은 변화나 성찰 과정이 엇비슷해 보이지만 진리, 귀결의 차원에서는 차이점을 지닌다.

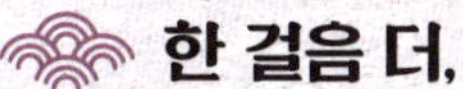
한 걸음 더, 탐구 주제

◇ **사회 연계 – 자유와 법**
  같은 행동이지만 사회나 시대에 따라 다르게 평가된다면
  무엇이 옳다고 볼 수 있을까?

◇ **과학 연계 – 과정으로서의 진리**
  변하지 않는 과학적 법칙은 영원히 변함이 없을까?

◇ **수학 연계 – 수학의 증명과 외면성**
  공식을 외워서 문제를 푸는 것과 개념을 이해하고 문제를
  푸는 것 중 어느 쪽이 유리할까?

◇ **철학 연계 – 진리와 전체성**
  한 가지 사실만으로 결론을 내려도 괜찮을까?

존재와 무, 사르트르

《존재와 무》는 인간 존재와 생존 방식을 파고드는 일종의 탐구서다. 사르트르는 사람에게는 정해진 운명이나 본질 같은 것이 없다고 주장한다. 모든 인간은 백지처럼 세상에 던져진 후 스스로의 선택으로 '본질'을 만들어가는 존재라는 것이다. 그래서 사르트르는 "실존이 본질에 앞선다"라고 말한다. 이것이 '실존주의'의 핵심이다. 세상에는 크게 두 가지 종류의 존재가 있는데 첫째는 '즉자 존재'다. 이는 의식이 없고 스스로 변하지 않는, 그냥 '있는 그대로'의 사물들을 말한다(예: 책상, 돌멩이). 둘째는 '대자 존재'다. 이는 인간처럼 스스로 생각하고 선택하는 '의식적인 존재'를 말한다. 대자 존재인 인간은 끊임없이 자신을 넘어서는 능력, 즉 '무(無)'를 품고 있다. 여기서 말하는 '무'는 아무것도 없다는 뜻이 아니라, '정해지지 않은 자유로운 가능성' 또는 '선택할 수 있는 틈'을 의미한다. 인간은 이 '무' 때문에 고정되지 않고 과거에 얽매이지 않으며, 항상 새로운 선택을 할 수 있다.

사르트르는 "인간은 자유롭도록 선고받았다"라고 말한다. 이러한 엄청난 자유는 동시에 '불안'이라는 감정을 불러일으킨다. 자신의 모든 선택은 자신이 전적으로 책임져야 하기 때문이다. 어떤 사람들은 이러한 자유와 책임에서 벗어나고 싶어 한다. 이를 위해 마치 자신이 사물처럼 '선택의 여지가 없이 정해진 존재'인 척한다. 사르트르는 이러한 태도를 '자기기만'(나쁜 신념)이라고 부르며 비판한다. 우리는 자유를 피하려 해도 피할 수 없으며, 모든 것은 우리의 선택에 달려 있다. 또한, 타인의 시선은 우리를 하나의 고정된 대상으로 만들기도 한다. 그러나 그마저도 우리는 자신의 '선택'으로 극복해야 한다. 《존재와 무》는 결국 우리에게 삶의 무한한 자유와 그에 따른 무거운 책임을 직면하게 한다.

❖ Q&A로 알아보는 《존재와 무》

Q 사르트르는 왜 인간을 '대자 존재'라고 부르며, 이는 '즉자 존재'와 무엇이 다를까?

A 사르트르는 인간을 '대자 존재'라고 부르는데, 이는 인간이 단순히 '있는 것'이 아니라 자신을 의식하고 생각하며 스스로 삶을 만들어가야 한다는 뜻이다. 반면, 의자나 책상처럼 그냥 놓여 있는 사물은 '즉자 존재'라고 하는데, 이들은 스스로 생각하지 않고 변화하지도 않는다. 즉, 대자 존재인 인간은 자유롭게 선택하고 그 결과에 책임지는 존재로서, 끊임없이 자신을

만들어나가는 능력이 있다고 본 것이다.

Q 타인의 시선 때문에 '지옥'이 될 수 있다는 사르트르의 말은 무슨 뜻일까?

A 사르트르는 "지옥, 그것은 타자이다"라고 말했다. 이것은 타인의 눈길과 평가가 우리를 자유롭지 못하게 함을 뜻한다. 타인은 나를 바라보면서 나를 판단하기 때문에, 나는 때로 타인의 시선 때문에 나 자신답게 행동하지 못하고 불편함이나 불안을 느낄 수 있다. 그래서 타인의 존재가 나에게는 '자유를 방해하는 고통스러운 지옥'처럼 느껴질 수 있다는 것이다.

🔶 고전, 다양한 주제와 만나다

《존재와 무》 × 《닫힌 방》

"지옥, 그것은 타자이다."

　《닫힌 방》과 《존재와 무》는 인간이 누구인지, 어떻게 살아야 하는지에 대해 깊이 생각하게 만드는 철학 작품이다. 《닫힌 방》에서는 세 명의 인물이 서로를 끊임없이 바라보고 평가하는데 여기서 "지옥, 그것은 타자이다"라는 유명한 말이 나온다. 이 말은 남의 시선과 관심, 참견이 나의 자유를 방해하고, 때로는 나를 괴롭게 만든다는 뜻이다. 타인의 시선 때문에 진짜 나를 드러내지 못하고, 긴장하거나 불편해질 수 있다는 점을 노골적으로 보여준다. 사르트르는 인간은 완전히 자유롭기 때문에 자신이 하는 모든 선택과 행동의 책임도 스스로 져야 한다고 말한다. 그렇기에 남 탓이나 변명이 통하지 않고 어떤 결정을 할지, 어떤 사람이 될지 선택하는 것은 결국 자신의 몫이라는 것이다. 하지만 이 자유 때문에 인간은 자주 불안, 혼란, 고독을 느낄 수 있다. 그래도 사르트르는 이런 어려움까지 포함해서 스스로 길을 선택하고 의미 있는 삶을 만드는 것이 중요하다고 말했다. 두 작품 모두 "나는 누구인가?", "진짜 내 모습은 무엇인가?", "타인의 시선이 내 삶에 어떤 영향을 주는가?"와 같은 질문을 던진다. 사르트르는 삶의 목적과 가치는 누가 정해주는 것이 아니라 스스로 자유롭게 만들어가야 한다고 강조한다. 각자가 자신의 인생을 직접 선택해서 책임지고, 타인의 시선에 휘둘리지 말아야 한다는 것이다. 중학생 정도 되면 이 책을 읽으면서 "나는 내가 원하는 삶을 살고 있는가?", "남이 아닌 내 기준으로 행복을 찾고 있는가?"에 대한 고민을 해볼 수 있을 것이다.

"인간은 자유롭게 선택하며, 그 결과에 전적인 책임을 져야 한다."

하이데거와 사르트르는 인간이 어떤 존재인지, 그리고 삶의 의미를 어떻게 찾아야 하는지 깊이 고민한 철학자다. 하이데거는 《존재와 시간》을 통해 "존재란 무엇인가?"라는 근본적인 질문을 던진다. 그는 인간을 '현존재'라고 부르는데, 이는 인간만이 자기 자신과 세상의 의미에 대해 생각하고, 존재에 대한 질문을 던진다는 뜻이다. 하이데거는 단순히 '살아 있다'는 사실에 갇히지 않고, 자신의 존재 전체와 세상의 의미까지 넓게 생각하는 것이 중요하다고 주장했다. 사르트르 역시 《존재와 무》를 통해 "나는 누구인가?", "내가 살아가는 이유는 무엇인가?"를 끊임없이 묻는다. 사르트르는 인간에게 미리 정해진 본질이 없다고 말한다. 세상에 태어나 무엇이 될지, 어떻게 살아갈지는 오직 자신의 선택에 달려 있다고 본 것이다. "존재가 본질에 앞선다"는 말이 탄생한 이유이기도 하다. 즉, 사는 방식과 행동을 통해 자신의 삶을 만들어가는 것이 인간의 특징이라는 것이다. 두 철학자 모두 인간이 느끼는 불안과 고독을 중요한 주제로 삼았으나 하이데거는 세상과 전체 존재의 의미를 크게 바라보는 데 집중하는 반면, 사르트르는 내 자유, 내 선택, 내가 진짜 원하는 삶에 더 주목한다.

"인간은 처음에는 아무것도 아니며, 스스로 자신을 만들어 가는
존재다."

　플라톤, 아리스토텔레스, 그리고 본질주의는 인간의 '본질'이 존
재보다 먼저라고 보는 입장을 대표한다. 그러나 사르트르는 "존재
가 본질에 앞선다"라고 주장하며 이들과 정반대의 실존주의적 관
점을 펼친다. 각각의 입장과 그 의미, 그리고 이와 관련해《존재와
무》가 받는 비판을 다음과 같이 설명할 수 있다. 플라톤은 '이데아
론'에서 모든 사물이나 인간에게 보편적이고 변하지 않는 본질(이
데아)이 존재한다고 보았다. 사람, 책상, 정의, 선 등은 현실의 변
화와 무관하게 '완전한 본질'을 갖고 있다는 것이다. 인간도 태어
나기 전부터 '인간다움'의 이데아, 즉 본질이 있다고 보았다. 따라
서 늘 존재에 우선하는 '본질'이 인간의 모습과 운명을 규정한다고
생각했다. 아리스토텔레스는 '형상과 질료' 이론에서 각 사물의 목
적과 본질이 이미 존재한다고 보았다. 인간은 '이성을 가진 동물'
이라는 본질을 타고나며, 각자는 그 본질을 실현해갈 뿐이다. 사
물과 인간의 모든 성장은 미리 주어진 목적을 실현해가는 과정일
뿐, 선택이나 자유가 본질을 만드는 것은 아니라는 것이다.

《고도를 기다리며》, 사무엘 베케트

《고도를 기다리며》는 아무 목적 없이 시골길 나무 밑에서 '고도'라는 인물을 기다리는 두 남자, 에스트라공과 블라디미르의 이야기다. 그들은 '고도'가 오면 뭔가 인생이 달라질 것이라 막연히 기대하며 오랜 시간 허무한 대화를 반복한다. 극 중간에 포조와 럭키가 지나가며 짧은 에피소드가 더해지지만, 결국 고도는 오지 않고 두 주인공은 내일도 계속 기다리겠다고 말하면서 끝난다. 작품은 의미 없는 반복, 기다림, 희망과 좌절, 인간 존재의 허무함을 상징적으로 보여준다. 두 작품 모두 인간 존재의 불안, 의미 추구, 자유, 고독을 주요 주제로 삼으며 "나는 누구인가?", "내 삶의 목적은 무엇인가?" 등의 질문을 끊임없이 내뱉는다. 베케트의 인물들은 끝없이 고도를 기다리며 의미 없는 시간을 반복해 보내고, 사르트르도 불안과 고독, 책임이라는 실존적 무게를 짊어진다고 보았다. 두 작품 모두 외적인 근거를 부정하며 인간이 자기 삶을 스스로 만들어가야 함을 강조한다.

두 작품은 존재와 자유, 행동의 태도에서 차이를 보인다. 《존재와 무》에서 사르트르는 인간이 본질적으로 자유롭기에 주체적으로 선택하고 자기 답을 만들어가야 한다고 주장한다. 두려움과 불안을 넘어 주체적으로 '존재'를 창조해야 한다는 적극적 실존주의 메시지를 중심으로 둔 것이다. 반면, 《고도를 기다리며》에서는 주인공들이 아무것도 하지 못하고, 의미 없는 기다림에 머무르며 변화를 시도하지도 않는다. 현실과 자신을 능동적으로 바꾸려 하기보다는 끝없는 대화를 통해 허무를 반복하고, 희망마저도 부정적이고 불확실하게 만들어 버린다.

 한 걸음 더, 탐구 주제 

◇ **사회 연계 – 타인의 시선과 자유**
타인의 시선을 의식하지 않으면 진정한 자유를 얻을 수 있을까?

◇ **과학 연계 – 선택과 가능성**
과학자들이 늘 희박한 가능성과 싸우는 이유는 무엇일까?

◇ **수학 연계 – 무와 존재의 관계**
숫자 0은 무에 가까울까, 아니면 새로운 가능성과 가까울까?

◇ **철학 연계 – 셀프 메이드**
습관이나 행동 등으로 운명을 바꿀 수도 있을까?

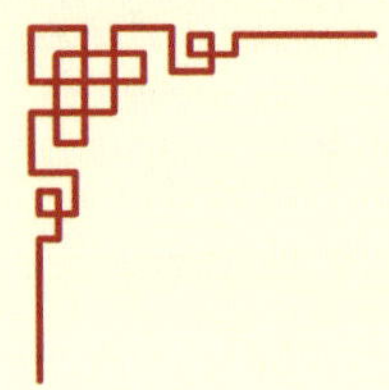

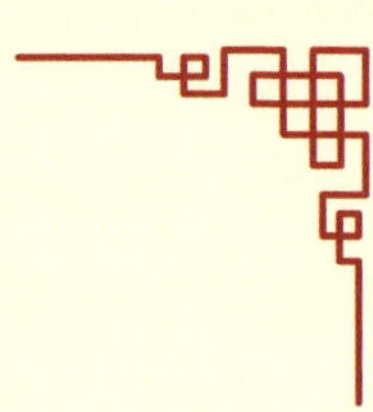

아는 사람과 모르는 사람

길고 긴 여정을 마쳤다. 이제는 낯설기만 하던 고전이 조금 친숙해졌으리라 믿는다. 톨스토이와 헤밍웨이의 작품을 알고 알베르 카뮈의 《이방인》을 이야기하는 여러분…. 꽤 근사해진 기분이다. 여러분도 이제 데카르트나 칸트의 철학을 주제로 한 대화에서 한 마디 정도는 거들 수 있을 것이다. 함께 소개한 작품까지 더한다면 60편이 넘는 고전과 인사한 셈이니, 시작이 좋다. 집필 초기에 우리가 계획한 이 책의 목적을 어느 정도는 달성했다고 볼 수 있겠다.

세상은 아는 만큼 보인다. 이 작품들이 삶의 순간순간에 가져다 줄 놀라운 영향력을 즐길 일만 남았다. 사람들과의 대화나 책의 인용구, 각종 미디어나 유튜브 등에 나오는 고전의 이야기에 비로소 귀를 기울이게 될 것이다. 더불어 여기 나오는 고전 중 두어 권쯤은 완독을 권한다. 소설도 좋고 철학서도 좋다. 조금이라도 읽어보고 싶은 책이 있다면 당장 도서관으로 달려가라. 그리고 차분한 마음으로 첫 장을 넘겨보길 바란다. 읽히지 않던 고전이 조금씩 읽히는 놀라움을 경험할 것이다.

질문만 넣으면 AI가 뚝딱 답을 내놓는 시대라지만, 인생의 아주 중요한 결정까지 AI에게 맡길 수는 없다. 그 결정의 중심에는 다름 아닌 여러분이 있어야 한다. 선택 앞에서 지혜가 필요하다면, 고전의 힘을 빌려보자. 수백 년간 사랑받으며 삶의 나침반이 되어준 고전이 여전히 우리 곁에 남아있는데 무엇이 두려운가? 그 어떤 친구보다 친밀하게 말을 걸어주고, 결정의 방향성을 짚어줄 것이다.

'정신의 힘'은 고전에서 나온다. 이 소란한 시대에 '아는 사람'과 '모르는 사람'의 차이는 점차 극명해질 것이다. 고전에 첫발을 내디딘 여러분은 '아는 사람'의 편에 이미 다가서는 중이다.

중등 필독 고전

1판 1쇄 인쇄 2025년 11월 3일
1판 1쇄 발행 2025년 11월 10일

지은이 이현옥, 이현주
발행인 김형준

총괄 김아롬
책임편집 박시현, 배혜진
디자인 design ko
기획관리 허양기

발행처 체인지업북스
출판등록 2021년 1월 5일 제2021-000003호
주소 경기도 고양시 덕양구 원흥동 705, 306호
전화 02-6956-8977
팩스 02-6499-8977
이메일 change-up20@naver.com
블로그 blog.naver.com/changeupbooks

© 이현옥, 이현주, 2025

ISBN 979-11-91378-84-9 (43190)

체인지업북스는 내 삶을 변화시키는 책을 펴냅니다.